安瑞说

子央/著

山东人民出版社
国家一级出版社 全国百佳图书出版单位

图书在版编目（CIP）数据

安瑞说/子央著．—济南：山东人民出版社，2014.9
ISBN 978-7-209-08582-3

Ⅰ.①安… Ⅱ.①子… Ⅲ.①长篇小说－中国－当代 Ⅳ.①I247.5

中国版本图书馆 CIP 数据核字(2014)第 211510 号

责任编辑:李怀德　杨纪伟

安瑞说

子　央　著

山东出版传媒股份有限公司

山东人民出版社出版发行

社　址:济南市经九路胜利大街 39 号　　邮　编:250001

网　址:http://www.sd-book.com.cn

发行部:(0531)82098027 82098028

新华书店经销

青岛星球印刷有限公司印装

规　格　32 开(144mm×210mm)

印　张　7

字　数　80 千字

版　次　2014 年 9 月第 1 版

印　次　2014 年 9 月第 1 次

ISBN 978-7-209-08582-3

定　价　21.00 元

如有质量问题，请与印刷厂调换。(0532)88194567

目 录
Contents

引子

YINZI

如果有朋友（人类也好动物也罢）好奇地问我：你是谁？尽管我已经病入膏肓，但仍然会艰难地昂起毛茸而又高贵的头，硬撑着自豪地说：我叫安瑞。

安瑞？对。就是这个中不中洋不洋、简单得不能再简单的名字。我是只被狗贩大肆炒作的棕色泰迪熊，眼睛圆颜色深，耳朵很长很宽，嘴巴又粗又短。其实，就品种而言，我属于贵宾犬，所谓泰迪不过是贵宾的一种美容方式。

当初，我从鸣凤山宠物市场被主人抱回家之前，老东家和为我讨价还价的客户一直唤我阿黄阿黄的。对于这个新称呼，我打心眼里喜欢，因为它是我的新主人绞尽脑汁给起的，它承载着主人的美好期冀，寄托着我的未来愿景。可是，拥有了这个响当当的名字，却并没像主人期盼的那样，给主人家带来所谓的一帆风顺，相反，却磕磕绊绊，充满了说不清、道不明的变数。此时，身处医院的窘境，令我自觉不自觉地打起寒颤，脊背渗出的冷汗让我感到一阵阵凉意。

这是N市一家有名的宠物医院，也是当地公安局养犬办指定犬证办理与年审医院。该院设有候诊区、化验室、输液室、手术室、X光室、病房、寄养室，配有先进的生化分析仪、电解质分析仪、进口呼麻机、心电监护仪等设备，医师大都是畜牧兽医学院的高材生，就连北京、上海宠物医院的专家偶尔也来坐诊。能来这里就医的小伙伴们，都能得到精细豪华的护理，当然喽，费用也不菲，仅护理费每天就360多元。

我不是第一次“光顾”这家医院，蜷缩在隔离输液室的病床上，眼睛死死盯着头顶上方的吊瓶，黄黄的药水每滴一下，恰似小槌般敲打着我的心。常言道：不作死就不会死。都怪我自作自受，如同饿死鬼托生的，偏偏吃了该死的巧克力。眼看着女主人每天晚上吃也不碍事，为啥我偷吃了六颗就血压飙升、心跳加速，差点把可怜的小命搭上？作为小型宠物类智商超群的我，怎么也弄不明白，脑袋沉甸甸地，精神萎靡得如一摊烂泥。

这医院太宰人了！俺家博美就得了犬细小病毒，一次就花了3000多元，仅验血一项90元，比病人验血还贵！在一旁大声嚷嚷的，听话音是一个妇道人家，好像因医药费与医院吵吵起来。

嫌贵？嫌贵就别养宠物！养不起别瞎显摆！女护理尖声嗓音从床头那边传过来，话里透着些许的傲慢与鄙视。我勉强睁开眼，瞥了她那身象征天使的白色外衣，动动嘴想叫两声，却又懒得搭理她。

女主人坐在我病床旁的椅子上，全然失去了昔日的风采。她面容显得憔悴许多，平时炯炯的眼神闪着一丝暗淡，眼角似乎一夜之间被许多鱼尾纹侵占。她下意识地扯扯那身柯罗巴休闲外衣，从裤兜里掏出一打湿巾，匆匆擦了下脸上的T型区，接着，抚摸着我毛茸茸的头，可怜兮兮地说：安瑞，我的宝贝，都怨我不好，光顾着他（我的男主人）的事了，害得你断顿误食了东西……你可别吓唬我，你要再有个三长两短，让我可怎么活啊！

女主人的这番话，让我一时感到十分内疚。扭头回望着窗外偶尔飘落的片片桐叶，心中泛起丝丝凄凉。的确，我有半个月没有见到男主人了。我家男主人姓赵，是位英俊帅气的先生，一米七八的个子，方头大耳，天庭饱满，每每说话总爱摇晃着满头光滑的黑发。别看他是位走出大山的机关干部，对宠物却有十二分的爱好，自打我进了他们家，只要他不出差，我的家庭生活基本由他打理，而女主人平时只是个替补。这不，最近因为他在经济问题上犯了事，被公安部门传去取证，半个多月没回家，女主人变得丢三落四，像掉了魂似的，一会儿找他单位问情况，一会儿托熟人打探消息，弄得我饥一顿饱一餐的。于是，就在昨天晚上，都夜里十点多钟了，女主人还没回家，饥肠辘辘的我实在等不及，偷吃了女主人经常吃的巧克力。没承想，当天夜里又吐又拉、高烧不退，幸好第二天一大早，女主人开车送我到了这家医院。排队挂号、专家诊断、抽血化验、钡餐透视……等打上点滴，已经是上午九点。临了，那个戴眼镜的老大夫撂下一句话：先打打针看看吧，保不齐还得做好心理准备。

做好心理准备？这话可不吉利，这不明摆着变相判我的死刑吗？我躺在床上，越琢磨越觉得可怕悲催，难道这就是我的命运？作为智商超常的宠物，当我三年前来到主人家，立刻感到自己的命运有了转机，不再像在宠物市场那样，整天被当作商品任人指指点点。在主人家，相对富裕的生活条件，备受宠爱的自豪优越，与主人的过从亲密，使我慢慢产生了一种非分之想：梦想有朝一日，自己能活得像个人一样，吃喝拉撒皆由自我，喜怒哀乐尽情表达，只要不违法乱纪，想干啥就干啥，往大里说，甚至还可以领只喜欢的宠物养养。但是，这些也许永远不可能了，因为我的小命在医院手里，为了救我，女主人已经花去六千多元，可狠心的医生还是不吐口。

唉！人生依赖天命，万物均有寿数。佛语说，人生有所谓三世：过去世、现在世、未来世，而过去、现在和未来，绝不是狭隘的前生、今世和来世，而是无量无边的生命延续。什么前世今生？管它呢，当下我唯一的乐子，就是趁死神尚未到来，掰着爪子回忆那些“投生”在主人家、与主人相处的时光。透过那么多刻骨铭心的“第一次”，兴许您可以从中咀嚼出酸甜苦辣的人间百态。

第一次 Dayici
TA JIN ZHU REN JIA MEN

踏进主人家门

大千世界，无奇不有，芸芸众生，魂灵感应。在类别众多、品相各异的宠物群里，有幸被我的主人看中，不能不说是我的造化。

这年的春节似乎来得特别早。初冬的第一场雪刚刚融化，我乘坐主人的汽车来到陌生的家。女主人是一个气质高雅的少妇，休闲外套落落大方，满头秀发奔放飘逸，浑身弥漫着扑鼻的香气。她抱着我一进家门，就忙不迭地带我满屋子兜了一圈。屋子里好暖和好温馨啊。

两口之家，四室两厅，宽敞阔绰。头顶吊着的十几只射灯，把门厅映照得光明如昼，西墙边摆放一圈紫红色真皮沙发，休闲床半躺着，东墙壁挂着宽屏彩电。女主人一屁股蹲在沙发上，全然不顾我身上的腥臭，小心翼翼地顺完我满身的茸毛，情不自禁露出舒心的笑容。

男主人身穿绒线睡衣，手握遥控器，一边选台一边调侃：老婆，这下可好了，家里有了这个宝贝，老公我终于可以舒坦一阵子了。

女主人顺手抄起茶几上的口香糖，塞到男主人嘴里，扮着鬼脸嗔怪地说：那是！要不然，没你好日子过！你一个机关副处级干部，一月挣不了仨核桃俩枣不说，还整日东奔西走不着家，害得俺在家提心吊胆，连说话的人都没有，搁谁谁不憋气？！

不单如此吧？男主人扭头盯着女主人，有些刨根问底的意思：是不是看着人家养了宠物，心里既痒痒又羡慕啊？这世道人比人得死，货比货该扔。人活在世上，争的是口气，要的是脸面，说到底都是虚荣心在作怪。

啥虚荣心啊？现如今，养宠物不仅是一种高雅生活情趣，更重要的是一种地位和身份的象征。女主人仰仰脖子，撩撩满头的秀发，煞有介事地说：你同事邱副处长家，三年前就养了棕色泰迪，他媳妇逢人便道养宠物的好处，前两天还说正想再养上一只呢！那说话的神气劲儿，分明是在人前炫耀，好像比谁高一头似的。

高个屁！养只狗就高人一等？自己不怎么样，身边有再多的狗也白搭！常听说母以子贵、妇以夫贵，还没见过人以狗贵的呢？！听男主人不屑一顾的口气，似乎与邱副处长的关系不怎么样，不然，作为机关干部怎会如此不雅。

女主人顿时不悦，将我一把推到男主人怀里，恶狠狠地说：你就是一张臭嘴，狗嘴里吐不出象牙！

我用两只细小的前爪抓挠着男主人的睡衣，习惯地伸出鲜红的舌头，刚想舔舐他的络腮胡子，却被一下子摔在地板上。只听男主人捂着鼻孔嚷嚷：浑身太臭了！赶明儿带它到宠物美容店洗个澡，否则，再“高贵”的东西也变得讨人嫌！

说实在的，难怪男主人嫌我臭，自打两个月前从娘胎里生下来，我就没有正儿八经洗过澡，老东家以宠物赚钱谋生，信奉一只羊也是赶、一群羊也是放，任凭几个泰迪兄弟姊妹们在狗窝里，有吃的大家一起抢着吃，没吃的大家一起睡大觉。当然，动物也是有灵性的，强者恒强，弱者恒弱，这是自然法则。动物也像人一样，天生平等，没有贵贱，虽然逃不脱弱肉强食的窠臼，但相处总算和谐，不然，像我这样的小体估计早已被踩成肉泥了。所以说，我是幸运的，依然好好地活到现在，甚至成了主人的依靠和骄傲的资本。就凭这点，我也得给主人脸上争光。于是，我决定，乖乖地服从主人的意志，去宠物美容店好好打理一番。

第二天一早，女主人打开铁丝笼，匆匆喂些狗粮，就带我来到位于山脚下的鲜吧宠物美容店。在吧台前，服务小姐热情地抱起我，边唤我“宝贝”边推荐项目，什么剪指甲、剃脚毛、清耳朵、滴眼药、挤肛腺、修造型……然后放入池中洗澡。请原谅我的女主人，因为是第一次养宠物，她听得云里雾里，左顾右盼，拿捏不定。正待犹豫不决，一位胖女人眉飞色舞地凑过来，指着我家女主人，对怀里的棕色泰迪说：肉肉，叫阿姨！那泰迪抖抖身上漂亮的紫红外套，懂事似的前脚并拢，朝女主人点点头、伸伸舌头。我家女主人十分惊讶，连忙接过棕色泰迪，顺手从兜里摸出狗粮，刚想喂它却被那胖女人挡开：我说它红姨，甭忙乎了，俺家肉肉可不是饿死鬼，吃东西挑剔着呢！一般植物饲料不吃，专吃富含氨基酸、维生素的动物饲料。

这胖女人正是前面提及的我家男主人同事邱副处长的老婆，名叫张扬，在一家广告公司做财务工作。她的这般言行，弄得我家女主人煞是难堪，于是强打精神，故意大声说：张姐，看你家肉肉像个公主似的，长得多喜人啊！

是啊！养这东西可不容易，不仅管它吃、管它喝，还得搭上功夫陪它玩、花钱给它美容。张扬见我家女主人也抱来一只泰迪，故意添油加醋、显摆自我，竟然道起养宠物的烦恼来。

你多长时间给它美容一次？我家女主人问。

说不准，高兴了就带它来。张扬不假思索地说。

来一次花不少钱吧？我家女主人又问。

还行，每次也就六百多元。这不，它这个肉嘟嘟的模样马上一个月了，我看着腻歪，想给它换个造型。张扬话语里透着几分自豪。

两人正对着话，服务员把项目单递给我家女主人，特意将费用大声说出来。女主人瞥了几眼，一看密密麻麻有十多个项目，守着张扬不便讨价还价，就干脆签了名字，郁闷地回到外面的休息室。

在一个多小时的时间里，我这两个多月的瘦小身骨，受尽了摧残折磨，一会儿温水浸泡，一会儿冷水冲刷，一会儿香水喷洒，待清理完所有的毛发、指甲，呈现在女主人面前的我，活脱脱换了一个另类宠物。女主人像抱着自己的孩子一样，翻过来瞧过去，一会儿是顺顺我的茸毛，一会儿是捏捏我的耳朵，一会儿是亲亲我的嘴唇，好一幅人与动物亲密无间的画面，好一番慈母幼崽般的互动柔情。

回到家，当我精神得人模狗样摇着尾巴在主人面前撒娇的时候，女主人前仰后合的神态，突然定了格。她对男主人认真地说：老公，这个小宝贝不能还叫阿黄吧？到了咱家，我觉得总该有个属于自己的新名字！

阿黄是原来的老东家给起的，是什么意思我也整不明白，反正那几个泰迪兄弟，不是叫阿黑、阿白，就是叫狗蛋，没一个正儿八经的名字，所谓阿黄说白了就是个记号，没啥特别的意思。

男主人弯腰把我抱起来，抚摸着我的熊头，若有所思地说：老婆，还是你这个主意高。阿黄，阿黄，既不文雅也不吉利。如今，既然来到咱家，就得抓紧给它起个响当当的名字。

可是叫什么名字好呢？为这件事，我家男女主人着实犯了愁。他俩立马翻查字典，旁征博引，什么豆豆、米粒、淘淘、奇奇、贝贝……五花八门的，硬往我的头上套。最后，男女主人拧着脖子你一言我一语，莫衷一是。到底还是男主人熟人多、门路广，当天晚上，特意请来本市一位有名的大师，为我的名字看风把脉。大师毕竟是大师，作为不便一语道破天机的高人，他捋着黑白相间的八字胡，眯着鼠一样的小眼睛，在主人四室两厅的房间来回丈量了三遍，领着男主人走进门厅右首的卫生间。他抖搂着蓝丝绸对襟马褂，张着满口的黄牙，指手划脚，口音重重地：这房子，安……安……？女主人抱着我跟在后面，竖着耳朵急急火地问：安……什么？大师。大师故意摇摇头，摆出一副神神秘秘的样子，慢条斯理地拖着长腔说：安……可是个好兆头，再加点祥瑞就妥了。女主人似乎没弄清大师的意思，轻轻地把我递到男主人的怀里，在一旁等着大师的点拨。男主人抱着我，闻着我身上的气味，若有所悟，突然抬起头说：大师，我……知道了！大师上前捂住男主人的嘴：全赖主人悟性，天机不可泄露。说完，转身离开卫生间，一阵风似的，从主人家隐身而退。于是，懵懵懂懂之中，我便拥有了一个属于自己的名字：安瑞。按照男主人的解释：此名乃平安吉祥之意，寓意不仅作为宠物的我平安吉祥，而且因为我的到来也给主人家带来平安吉祥。

的确，这是个寓意颇深的好名字。您想，但凡有灵性能喘气的，不管是人类还是动物，哪个不盼着平平安安啊！

跟女主人遛弯

作为世间宠物，给主人带来的最大乐趣，莫过于人前炫耀自己的聪明与乖巧，以此衬托主人的富贵与尊严。说白了，我就像一位刚出道不久的演员，作为导演的主人让我怎么演我就得怎么演，演好了赏口美味给个好脸，演砸了免不了受训斥挨惩罚。

说来唐突，第一次跟女主人下楼，我就“出师未捷”，亮不出自己的本事绝活，弄得女主人在人前抬不起头来。

美容之后拥有新名的第一个星期日，眼看春节就要到了。

疲惫不堪的太阳被西边的楼角慢慢掩去，不知不觉地，夜掠过一天的冷风，卷着地上的落叶款款而来。刚下班回家的女主人，顾不得脱去羽绒外套，匆匆放下手中的女包，就三下五除二，把我从卫生间的铁笼子里捞出来。她嘴里哼着小曲，抱着我从三楼沿六十多级台阶来到地面一层，推开单元楼门，将我放到路边，就忙着往桶里倒垃圾。在家里整整憋了一天的我，好不容易有了室外玩耍的机会，撒欢似地忽东忽西、尥着蹶子四处乱跑，说话间，就离开了主人的视线，一头钻进对面的冬青树丛里。

安瑞！你在哪儿？别吓唬我，快出来！女主人猛然发现我不见了，顺着楼下的东西甬道，拼命地边找边喊。

谁是安瑞？！这个刚起的新名字，在我的脑子里远没有烙下深深的印迹，我一时并不知道女主人在喊谁，于是，好奇地从树丛里露露头，眯眯充满疑惑的小眼睛，接着又慌里慌张地缩了回去。

女主人忍着心里的怨气，楼前楼后小步快跑寻找一圈，体力消耗了大半，刚缓缓回到楼洞门口，莫名其妙地大声尖叫起来：这是谁家祖宗办得缺德事！路是你们家的吗，说尿就尿，说拉就拉！

咋的了？！管天管地，管不着拉屎放屁，你还管着俺家的“娃娃”了？！寻着说话的声音，透过稀稀疏疏的树丛，我看见一位年近半百的妇女，右手拿着白色编织带，正从垃圾箱里往外捡拾塑料瓶子，屁股后面跟着两只棕色的吉娃娃。它们体型瘦小，身长不到五十公分，身高不过三十公分，脖颈跟手腕一般粗，拴套着细小的皮圈。它们蹦蹦跳跳、围来绕去，那欢快的神情像在主人手里发现了爱吃的食物。

女主人本来性子急，一时找不到我，气更是不打一处来，抬高脚底，对着那妇女就嚷嚷一通：你睁眼看看，都是你家狗惹的事，弄得我满拖鞋是屎!

你咋知道是俺家狗拉的?!这地上又没有贴标签?那妇女也不是什么善茬，一把扯下头上的花格毛巾，歪着脖子跟我家女主人讲死理。

女主人登时被噎得满脸通红，许久才说出话来：你这是胡搅蛮缠！怪不得你家野狗随地大小便，就是因为摊上了你这样没素质的主!

你才没素质呢?!也许我家女主人的话狠狠伤害了那妇女的自尊，她拽掉手中的编织带，眼里噙着泪花，硬是不让它流下来，平静中带有怨愤地说：只有你们这些人才能养宠物?俺普通老百姓就不配养?俺们是穷了些，但人穷志不短，对动物的喜好不比你们差，别门缝里瞧人！再说了，你倒养得好，那狗狗咋就不跟你了呢?

是啊，人生来平等，在养宠物这个问题上，各有各的权利，并无什么高低贵贱。之前，我从未看到人们因宠物而吵架，更没有体会吵架背后的故事含义，作为聪明智慧的宠物，我掩藏在路边的树丛里，面对如此尴尬的场景，心里不住地嘀咕：跟女主人下楼，本来应该逗主人乐子，使她有个好心情，自己躲起来算啥？难道真的害怕什么不成？想着想着，我用前脚扒开眼前的乱草，猫着腰，近乎匍匐地爬到女主人跟前，有意衔起她的裤腿。

女主人见我可怜巴巴的，无心再与那妇女理论，连忙将我抱起，转身朝大院门口走去。出了大门右拐，短短百米左右的辅道旁，三五成群的少妇领着三五成群的宠物，边休闲漫步，边品头论足。好羡慕啊，那只和我同属一个家族的白色泰迪，正和它的男女主人嬉戏，男主人刚把皮球扔到路边，它立马飞跑过去将它叼回来，滚动着送到女主人的身边。我用力挣脱，试图与那三五成群的宠物们戏耍，无奈却被女主人死死扣住。我仿佛意识到，大概又是自尊心捣的鬼，女主人不是害怕我再次跑掉，就是担心我被误伤，或者不谙世事的我，无意中会在人前再干出让主人丢份儿的事。

凡是养过泰迪的人都知道，与人交往是我们的习性，这种天性的好坏取决于与人打交道的程度，如果两月内只和我们的父母或同类在一起，而不接触人、了解人，难以想象该如何开发训练我们的智商。

经历了初次下楼的一波三折，我深感自己的少不更事，相对我家主人而言，自尊心也受到了严重刺激和伤害。接下来相当一段日子，刚刚两月大的我，为了学会跟人打交道，能够真正像个宠物一样生活，在主人家遭受了有生以来从未有过的“摧残”和“洗礼”。

说到底，毕竟我是个动物，听不懂人话，但对主人的语气和手势颇为敏感，于是，我的受训就从我的名字开始。接连三四个晚上，每次半个多小时，男主人一边叫着“安瑞”，一边喂我狗粮，每当我有明确无误的反应，他就给我往不锈钢碗里放好吃的食物。等我熟悉听懂我的名字，他就和女主人一起训练我坐下、卧下、站立、作揖等简单动作。最令我难忘的，莫过于训练大小便了。

您可知道，作为宠物，我大部分时间生活在室内，主人有自己的工作，不可能全天候陪着我，如果大小便不能自如，我就很难在这个家里生存。据我所知，如今在大城市里，有不少的家庭排斥驯养宠物，其中的原因很多，但最让人头疼的是，受不了因为养狗使家里变得充满异味。因此，跟着主人训练在固定地点大小便，就成为摆在我面前的首要功课。

男主人是一个格外有心的人，翻了很多训练宠物狗的书籍，为了训练我有规律的大小便，特意在卫生间角落放一个便盆，盆里垫上好几层旧报纸，上面铺满了细细的沙土，每当我饱饱地吃完饭，或早晨或晚上，总要抱着我到便盆上大小便。一开始，我很紧张很不习惯，在上面呆了足足半小时也拉不出来。可主人耐不住性子，等他一把我放下，我就顺着屋门，沥沥拉拉，弄得整个门厅不是黄色尿液就是黑色屎块。如此反复几次，终于惹怒了我的男主人，他把我扔到便盆旁边的墙旮旯，手拿一沓报纸，两眼瞪得像核桃一般，狠狠地教训我：好你个安——瑞！你不是挺聪明的吗，咋就不长记性？！再不听话，看我怎么收拾你！

仔细听着主人的训话，小心盯着主人手中的报纸，再看看旁边的便盆，我蹑着碎步爬到主人跟前，见主人不理我，心里一阵凄凉，眼睛泪汪汪的，索性自己跳进便盆里。我用尖细的鼻子在盆里来回闻了几遍，突然觉得膀胱紧缩，下意识地将一脬尿撒在报纸上。男主人见状，顾不得我满身的尿味，立刻把我抱起来，抚摸着我的头，高兴得伸出赞美的手指，喂了我爱吃的鹿肉丝。

得到主人的奖赏，我越发学乖了，每每有了便意，就自发跑到卫生间的便盆，痛痛快快地解放一番。就这样，我彻底改掉了随地大小便的坏毛病，每每跟着主人下楼，即使有了便意，也总是忍着看看主人的脸色，服从主人的指引，到马路边某个方便的去处解决了事。

聪明人不用啰唆，有一就有二，有二就有三。在以后的日子里，跟着我的主人，我学会了见人示好、动作表演、看家护院的本事，偶尔高兴了、郁闷了，还会撕开喉咙呼喊几声。久而久之，在这个温暖的家庭里，我不再可有可无，而是不可或缺。如果不信，您可以成心检验一下是不是这样，我家女主人下班一进家门，就会拉长嗓音，亲昵地喊：安——瑞！

与城管的游戏

我翻来覆去弄不明白，不知是哪位方家的创造发明，自从有了城管这个行当，它就没有给市民百姓留下好的印象。是城管压根不应该有，还是城管们做错了什么，亦或市民们果真误会了他们?

“五一”本是劳动人民的节日，奇怪的是，作为劳动人民却没有“劳动”的权利。这一天，街道上静得出奇。出了我家宿舍大院往北不到百米，就是一个农贸市场，平素常，路两边熙来攘往、热热闹闹，卖青菜的、售水果的、炸油条的、做糖葫芦的、兜售古玩字画的……起早贪黑，凭借辛勤的劳动，谋取各自的生计活路。而如今，除了一家固定的报摊，就是两家流动杂货。

莫非今天的日子特殊，实行了特别管制？我屁颠屁颠地，顺着女主人手里的伸缩彩绳，跟在后面沿路边副道往北走，正想弄个究竟，突然发现杂货摊主像老鼠见猫似的，推起三轮车撒腿就跑。三名身穿浅蓝色制服的年轻城管，手擎黑色电棍，疯也似地上前扯住那三轮车，其中一位黄毛小伙，狠狠地抬脚踹去，年过半百骨瘦如柴的三轮车主人，哪里经得起这重重的一脚，身子左右趔趄，随着三轮车倒在路边的草丛中，身后，来不及售出的棉布裤头、尼龙袜子、塑料袋子、牙刷牙膏等，撒得遍地狼藉。他咬着牙，艰难地从地上撑起来，麻利收拾着散落一地的杂货，从那悲催痛苦的神态里，似乎看得出这些杂货就像他的生命，也许，如果这些东西能顺利地卖出，说不定能换来他一家人一天的饭钱。

作为一所高校的老师，我家女主人哪见得

这等阵势，一种发自心底的怜悯，使她自觉不自觉地挺身而出。她收起彩绳，迅速将我抱在怀里，冲到黄毛城管面前，大喝一声：太不像话了，住手！你家有没有父母！

黄毛城管顿时呆成了木头，与他三个同伴一起打量我家女主人许久，吊儿郎当地摇晃着手中的电棍，蛮不服输地喊道：这是哪个林子里的鸟，跑到这里瞎叫唤来了！

你嘴巴干净点！我家女主人愤愤地，怒视着黄毛城管。

老子就这德性！滚一边去，谁让你多管闲事！黄毛城管拧着脖子，朝地上狠狠吐了口痰。

喜欢扎堆凑热闹是人类的劣根性。说话间，路边行人越来越多，大人小孩纷纷朝这边汇聚，几个老人一边帮着三轮主人收拾东西，一边指责该死的城管良心被狗吃了。城管们见状，慌忙指着路边挂着的横幅，壮着胆子嚷道：真不长眼色！明明市里正在全民搞卫生城创建，还在这里乱摆摊！

在众多好心人的帮助下，三轮车主慢慢把车子扶正，匆忙收拾完掉在地上的东西，粗粗喘了口气，嗫嚅着说：搞创建就不让俺挣钱吃饭了。俺一个下岗职工向谁讲理去？还让不让人活？说完，凭着一个普通百姓的实诚单纯，依然像做了亏心事一样，弯腰拉起那辆破旧的三轮车，吱吱呀呀沿着副道往北缓缓而去。

面对眼前的这幕场景，作为异于人类的动物，我弄不明白到底为什么会这样，只觉得人世间应该有更多的亲情与温暖，不是正构建和谐社会吗？人与人横眉冷对、对弱者缺乏同情……你就是说塌了天，也不能算和谐。更有甚者，长此以往，善良的百姓就会变成满城的“怨妇”，心底的愤怒幻化为堆堆干柴，稍遇煽风点火便燃烧起来，使偌大一个城市灼热无比、难以为继。而这，绝对不是人们愿意看到的！

那城管实在太可恶了！瞧他染着黄毛，神态像个痞子，谈吐如同无赖，哪像个正儿八经城管啊？！当时，看他对我家女主人的蛮横无礼，如果能从女主人怀里挣脱出来，我恨不得凭着我的动物本能，飞奔过去咬他个满脸开花。

这不，说着说着，机会就来了。

眼瞅着那三轮主人慢慢远去，我家女主人叹了口气，把我放在路边。刚一落地，我感到有些内急，才跷起后腿，就看见黄毛城管蹲在一边，瞪着三角眼，朝我挥动起那黑色电棍。类似这样的动作太熟悉了，男主人在家训我的时候，经常举着黑色手电筒，打着白色光束，来回在屋里扬来指去。可是，对面的黄毛不是我家主人啊，他凭什么这样对我，好像我是他可以随便指使的东西？我越想越不可思议，越奇怪越来气，忍不住蹦跳起来，朝他身上猛扑过去，把他的右胳膊袖口撕了个洞。惊悚慌张之中，他来不及躲闪，将手中电棍扔到地上，捂着手腕嚎啕不止。其他几个城管如临大敌，一边赶紧将他搀起，一边跟我家女主人交涉：你这是养的什么野狗，咋还咬起人来了？！

野狗？这简直是对我和我家主人的极大污

辱！我的行动虽然鲁莽，但我绝不是野狗。女主人本想加以制止，可一听城管这口气，索性扭头转身而去。恰逢此时，偏偏从南边又来了三个城管。他们像打游击似的，左手握着黑色电棍，右手拿着套狗的笼子。

打狗队来了！人群中不知哪个好心人突然大喊一声。

对城市打狗队，我并不陌生，这段日子陪主人看电视，经常见到打狗队员用笼子逮狗的镜头。我身份这么高贵，又不是流浪狗，落到这帮人手里就惨了。想到这，我来不及跟女主人话别，拉出与打狗队员赛跑的架势，撒腿掉头就往南跑，刚跑出不远，“啪”的一声，尾巴被笼套敲打一下，两个城管不经意撞在一起，捂着头嗷嗷直叫。这时，本来胆小的我浑身如长满了荆棘，蓦地原地惊呆了。没等我缓过神来，头上接着又是一阵冷风，我身体往后一躲，笼子眼睁睁落在眼前。刹那间，耳边仿佛听见女主人呼唤“安瑞”，冥冥之中，循着微弱声音的方向，我拼命往宿舍大门奔跑，不料没跑到门口，就被人挡住了去路，抬头一看，两个城管正惬意地张开笼套等着。我急中生智，两眼朝东面墙根一瞥，哈哈，天无绝人之路，竟然发现我曾经钻过的一个墙外出水口，于是，我缩紧身子，立马伸头钻了进去，屁股后面跟着传来丧气的谩骂声。

我睁开眼睛，透过茂密的冬青树，小心翼翼地探探头，闻听四周没有动静，便没事似的沿着熟悉的甬道大摇大摆往家走，刚走到拐弯处，就被我家女主人一把抱了起来。

安——瑞！我的安瑞，好样的！女主人顿时喜出望外，连忙掏出纸巾，擦拭掉我身上的泥土，紧接着，我的眼睛一眨，她那浓郁的香水味便扑入我敏锐的鼻孔。

可是，一星期之后，因为我的这次小聪明，主人家门缝里被塞了罚单，单子上白纸黑字，分明写着：某小区三号楼二单元五零一，非法养狗，罚款五百元。

去派出所办狗证

虽然我不属于人类的一员，但却拥有了和人类同等的尊严，在派出所那叠厚厚的档案里，原本只有人才配有的登记表，如今竟然屈尊落到我的头上，这不能不说是社会的进步。对这种所谓的进步，有的人很不适应，有的人不得其解，还有的人本能的抵触。毕竟，人类归人类、动物归动物。

在我的记忆中，这是我平生第一次跟派出所跟民警打交道。说实在的，当跟随我家主人来到路边这所蓝房子的时候，我的头立马就胀大了。狭窄的入口处，堵满了各种品牌的车辆，四个圈的、一个字母的、一个豹的、一个熊的、一个小马的……凶猛的黑贝、聪明的泰迪、肥嘟嘟的雪纳瑞、如狼似狗的哈士奇、瘦骨嶙峋的吉娃娃等各类宠物，纷纷由主人带着，排队等候办理各自的身份证明。

我悠闲地躺在男主人怀里，跟看西洋景似的，仔细端详着眼前的盛况，后悔不该选定周末这个时间。上周六，居委会大妈摸黑来到主人家，专门传达街道办通知：为争创全国卫生城，切实改变居民乱养宠物的无序现象，凡是辖区常住百姓，只要家里有宠物，一周内必须到派出所办理宠物证。专门给狗办证，我听着就特新鲜。按照大妈的话说，办了宠物证，我家主人养我才算合理合法，否则，我永远是黑户口，在街上谁想逮我就逮我，甚至被人打死、被汽车轧死，主人也没地方评理去！女主人联想到我俩前不久与城管的遭遇，咬着牙催促男主人带我到派出所。

眼看快到片警办公室门口，走廊突然骚动起来。一只雄壮的德国黑贝抖动着脖颈上的棕毛，瞪着黑色的眼睛，正呜呜地怒视对面窗下的哈士奇。哈士奇虽然块头不大，但丝毫不甘示弱，双脚紧蹬地面，奋力扯开争斗的架势。面对此景，两家主人非但没有克制，反而互相指责。僵持之中，黑贝难以控制天生的烈性，纵身一跃，咬住了哈士奇的耳朵，几滴鲜血瞬间流在地上。哈士奇的女主人像疯了似的，猛地上前几步，挠住黑贝男主人的脸。顿时，两只宠物的主人，互相对骂扭作一团，斯文全无。民警实在看不下去，出手再三相劝，才终于化解这场危机。

这场莫名其妙的战争，使我的心里骤然凉了半截。这是何必呢？狗不通人性便罢，人也不通人性了不成？本来办狗证是为了更好地便于管理，促进彼此间的和谐相处，如今狗证还没有办妥，狗与狗之间反撕咬得满嘴是毛，作为狗的主人，也弄得大伤感情。平常情况下，碰到类似的场面，我家男主人定会打抱不平，此时却没了一点脾气，格外小心谨慎，无奈之下，一手抱紧了我，一手抓挠自己的耳朵。

时间在人和动物的焦急等待中慢慢过去。临近中午，众多已有“身份”的宠物搭乘主人的专车，一波一波相继离开。年轻民警头不抬、眼睛不眨，扔下手中的一沓资料，待搭不理地说：下班了，午后再来吧？

男主人转身瞅瞅后面的三五个宠物和主人，耐着性子，来到民警办公桌前：俺们等一上午了，你再辛苦一下，就算帮个忙吧。

年轻民警稍微扬扬头，拿起桌子右边的警帽：说得倒轻巧，我能帮你，谁又来帮我！

你！男主人无端被噎了一下，咽口唾沫，顿时抬高了嗓门：你这同志怎么说话呢？不带这样的？！

你想听好的，那就回家去呀！年轻民警斜楞着眼，露出一副城市瘪三的样子。随后，漫不经心地伸出左手，从牙缝里挤出两个字：手——续！

啥手续？男主人停了片刻，摸摸休闲裤兜，掏出一张居委会开具的证明。

免疫证呢？

啥证？……没有。

带狗照了吗？

狗……照？没带。

那你来瞎掺和什么？回去把材料弄齐了再说！

……如此这般，三下五除二，男主人被年轻民警问得目瞪口呆，闷闷不乐地走出派出所。车门一打开，我就被重重地抛进后座。从派出所回家的路上，整整半个小时，男主人懒得瞧我一眼，每遇前面有缓慢而行的车辆，总要狠狠地按几次喇叭，骂上几句脏话。而我，像做了坏事似的，感觉尿急也不敢吱声，直到进了家门，实在憋不住，无奈在白色地板上撒了几滴黄黄的尿液，夹着尾巴一溜小跑，慌里慌张地跑到卫生间。

看来，这狗证不办不行啊！

权且不论宏观的制度如何，但从目前众多的现实情况来看，如果有谁诋毁咱国家上上下下的动员能力，就连我这个狗也不会答应。这不，为了我那张狗证，派出所通过居委会又找到了我家主人，理由简单明了：为迎接创城检查组的到来，上面要求经常外出遛狗的人，必须给宠物狗办证，否则，未携带狗证上街的狗，一律被视为流浪狗。

怀揣一颗纠结的心，我跟女主人来到N市有名的宠物医院。该院建于20世纪初，营业面积600多平方米，包括候诊区、隔离诊室、专业化验室、输液室、无菌手术室、X光室、药房、病房等，配有美国IDEXX生化分析仪、血液分析仪和电解质分析仪、心电监护仪、内分泌分析仪等设备，仅副教授级的医师就有十多位。鉴于这里的医疗条件，两年前就被公安部门指定为宠物定点医院。

女主人抱着我一走进候诊区，戴着浅蓝口罩的女护士将我接过去，宝贝宝贝地叫着，待主人说明来意，便领我们来到走廊尽头。在免疫室里，大夫匆匆摘掉老花镜，二话没说开张单子递给女主人。

办个免疫证就得三百多元？也忒贵了点吧？！看着手中的交费单，女主人有些纳闷。

嫌贵？就到别处去啊！这还没给你用进口疫苗呢！老大夫瞥瞥眼珠，待答不理的。

怎么说话呢你？女主人也不是吃素的，转身紧盯着那大夫，刚想上火发脾气，被身旁的哈士奇主人悄悄扯了一下。在走廊里，哈士奇主人报料说：前两天，我拿着在俺家附近宠物医院开的免疫证明，可到了派出所，死活不承认！

为啥？

人家说那不是公安部门指定的定点宠物医院。

……

女主人似乎悟出些什么，没有再行争执，在收费处交三百多元钱，拿着单子返回免疫室。老大夫戴着花镜对着单子仔细瞅了半天，吩咐女主人把我放在窗边小床上。我伸着舌头乖乖地卧着，无助地望着一直安抚我的女主人。不一会儿，老大夫端着盘子靠在床边，一手拿着细细的针管，一手掐着我的脖子，没等缓过神来，我就感觉脖颈刺疼得厉害，刚欲蹬腿反抗，就听见老大夫不紧不慢地说：好了，给它按压一会儿，就可以拿着免疫证到派出所去了。

正式办狗证前，女主人专门带我到派出所隔壁的照相馆。摄影师二话没说，从不同角度熟练地给我拍了三张标准相。有关材料准备就续，星期五下午，女主人带我走进派出所大门。按照程序规定，我首先被领到派出所一楼东面临时医疗室。这时，三个穿白大褂的大夫正围着一只灰色雪纳瑞比划着，一刻钟之后，男主人捂着雪纳瑞头部离开。轮到我时，女主人将我递给了一位护士。我坐立在床上，紧张得眼睛直盯着站在后面的女主人。女主人打着手势，示意我趴下。护士把我按住后，医生用镊子从盒子里夹出一枚电子芯片。芯片就像一个圆珠笔芯头，大概一厘米长。医生把电子芯片装进一支“特殊”的针管里，插上针头，捋开我脖子上的茸毛，像打针一样，把芯片注入我左耳边的皮下组织里。我被针扎得吓了一跳，浑身抽搐一下，接着经护士的安抚，很快又安静下来。

事后，医生告诉女主人：我被植入的只是一张普通芯片，价格150多元，它就像一张“电子身份证”，里面记录了我的免疫日期、防疫证号、品种、颜色、大小、性别、是否伤人，以及我主人的姓名、年龄、地址、电话等。为了方便宠物狗的管理，在北京、海口、郑州、长沙等城市，凡需办证的宠物狗，都要植入电子芯片。目前，本市已有八千多条宠物狗植入这种芯片。

办完以上繁杂的手续，终于，我又跟着女主人来到犬证办。据说，上次怠慢我们的合同民警早已被撤掉，这会儿接待我们的，换了名老警察。他接过女主人递去的手续，又仔细打量我几眼，便顺手从抽屉里摸出深蓝色证书，接着，在证书扉页姓名一栏写上“安瑞”二字，在别名一栏填上“泰迪熊”三字，在主人一栏注明我家女主人的名字。

其实，对“泰迪熊”这个称呼，我有清醒的自觉，它既是我的符号，也代表着我的身份。这身份并非像人们想象的那样高贵，相反，却印证着我的耻辱——因为：宠物中根本没有“泰迪”这个品种，作为一种修剪方式，我属于无数贵宾中品相不好的一类，被称为“泰迪熊”，只不过是商家炒作的“卖点”。

但是，高贵也好低贱也罢，毕竟，这名字“炒”得很成功，叫得很亲切，而且传得很广很响亮。在世间许多事情真假难辨的今天，像我这类的宠物，也着实火了一把。

看到男主人醉态

第一次见到男主人的醉态，是在我被植入电子芯片之后的一个月。自从被注入电子芯片后，我像变成另外一条狗，脑袋整天嗡嗡叫，心情特别烦躁不安。为此，主人专门带我看医生，医生说这是正常的生理反应，需要一段时间的适应期，日子久了就会慢慢消失。

可是，没等我度过艰难的适应期，我却第一次咬了男主人。

都是那该死的白酒！酒是粮食精，可精一

旦变成酒，便失去了粮食的本色，甚至令人做出不可思议的事情。

星期五下午，男主人像往常一样没有按时回家。女主人习惯了这样的生活，自己扒几口上午的剩饭，把我从笼子窝里唤出来，喂完狗粮，便拧开房门手柄。顺着楼道台阶，我蹦蹦跳跳下楼，等女主人来到一层，我早已在单元防盗门前蹲候。

沿着熟悉的遛弯路线，出门往北三百米，就来到路边绿荫广场。朦胧的灯光下，十多只宠物狗放纵舒展，围着水池忘情地奔跑嬉戏，三三两两狗的主人们，有的聚在一起聊天，有的悠闲得自由散步，有的听着收音机节目，乍一看，好一幅人与动物和谐的画面。不由自主地，我带着些许怯意，探着身子挤进这“画”中，立刻感到同类的温暖，而我家女主人则融入谈笑风生的人群，开始了与其他宠物主人的心得交流。

祸兮福所倚，悲从喜中生。本来十分惬意

的遛弯，不期而遇地，却被我的男主人大煞了风景。

晚上九点多钟，我跟着女主人刚迈进家门，迎面就扑来阵阵酒气。男主人趔趔趄趄地，倚在门口直勾勾地瞄我一会儿，弯腰将我抱在怀里。对于烈性白酒，我有着本能的肠胃反应，许多次，每逢原来的主人在外面喝完酒回来，我总是躲得远远的，生怕自己做错事惹怒主人，为此，曾受到主人的严厉惩罚，三天没有吃到东西，哪怕是可怜的劣质狗粮。

男主人粗鲁地将我一把抱在怀里，亲昵着我毛茸茸的脸庞，高一声低一声不住地嚷嚷……安——瑞，我的小心肝……好宝贝。说话间，阵阵酒气熏得我不能自持，我越是挣脱，他就抱得越紧。后来，他趁着浓浓的酒性，索性平躺在沙发上，一边哼着小曲，一边将我摇晃着搁在他的腹部。突然，感到胡须被揪捏一下，陡然，我像着了魔似的跳起来，不管三七二十一，朝男主人脸上狠狠咬了过去。刹时，男主人如同受了电击，一甩手将我扔到地板上。当晚，我俨然被判了刑，重新被关进了那只熟悉的铁笼子里。说实在的，若不是女主人出手相救，男主人定会使出蛮劲，狠狠地抽我几鞭。但是，鞭子虽然躲过去了，还是在铁笼里关禁闭一天，饭足足饿了三顿，美其名曰：惩罚。

不瞒您说，正是从这一天起，我又一次切身领悟到：主人毕竟是主人，可以随心所欲地玩宠物于股掌之间；而狗毕竟是狗，尽管被昵称宠物，总也摆脱不了作为狗的命运！主人高兴了，视你为掌上明珠，不高兴了，把你当作一只敝屣。而这，活脱脱刻画了作为一只宠物狗的可爱与可悲。

辗转熬过了艰难的笼中一日，第二天晚上，当女主人把我从笼子里救出来的时候，我仍然像犯了错的孩子，低着头不敢看女主人一眼，即便尾巴摇得如拨浪鼓一样，也掩饰不住内心的空虚和无助。依偎在女主人的怀里，男女主人的一番对话，让我体会到了作为机关公务员的辛酸和无奈。

女主人习惯地朝嘴里放块巧克力，一边顺捋着我脖颈上的棕毛，一边嗔怪男主人：昨天咋回事？莫名其妙地，你像疯了一样。

男主人无意中放下手中的遥控器，扭头瞥了我一眼，狡辩道：这小东西哪来的胆子，竟敢对我下口？你说，我能轻易饶它吗？

女主人眯眯双眼，故作镇静地枉顾左右而言他：我不是问这个，我想整个明白，昨晚你为啥喝那么多的酒？莫非摊上啥好事了？

咳！男主人蓦地从沙发上站起来，索性关掉电视，道出了其中的猫腻——

原来，作为政府主管发展改革的机关，男主人所在单位因为众所周知的原因好久没有调整干部，最近有传闻说，新来的领导有意提拔一批处级干部。消息一经传出，整个单位像过年一样热闹起来。你想啊，单位有一百多名职工，满眼是够条件的人，可是，“待字闺中”的正处级干部名额却只有三个，到底谁该提拔谁又不该提拔？为此，单位领导费了不少心思，干部职工也各有各的招数，特别是那些努力一把可上、稍有不慎即下、没有丝毫把握的副处长们，则拿出了吃奶的力气、使出了浑身的解数。规划处邱副处长属于消息灵通人士，一段时间以来，为了打好自己的如意算盘，开始施展典型的具有邱氏风格的攻关之策。于是，周五晚上秀水河边的饭局，便成为邱副处长精心设计的表演舞台。

秀水河本是N市的护城河，近年来，为了创建全国卫生城市，政府投入巨资进行整修，疏浚了全长十多公里的河道，开通了独特的旅游观光线路，在东南角一带专门修建了几个小吃店，张小五炒鸡就是比较典型的特色店。小店位于河道拐弯处，一百多平方米，三间平房，十多张桌子，如果不是专门提前预订，晚餐很难找到立足之处。

晚上六点不到，窗前九号桌十个位子已经坐满了人，除了坐在主陪位置的邱副处长，其他全是像男主人一样清一色的科级干部。瞅这阵势，明眼人都知道，为了那三个处级岗位，平时善于仰头挺胸的邱副处长，如今竟也开始低三下四地与人拉关系、套近乎。

服务员刚刚上来三个凉菜，邱副处长就急不可耐端起啤酒杯，用他那稍显沙哑的嗓音说：兄弟们，趁今天周末，我请大家河边小聚，尝尝这里的特色小吃！

谢谢邱处长！规划处的小王是个副科级干部，刚来机关一年，就变得非常世俗，率先端起酒杯：还是邱处长敞亮，能瞧得起咱这些小兄弟，我们还是先敬邱处长一杯！

好！伴随人们的齐声呼喊，十多杯淡黄色的扎啤被一饮而尽。

一轮扎啤进肚，邱副处长脸色开始发红。他将空酒杯推到一边，双手剥着毛豆，感慨万分：人生在世，在家靠父母，出门靠朋友，关键时候还望兄弟们支持！

小王是个聪明人，有意巴结邱副处长，索

性把话题挑明了：眼看机关要提拔正处级干部，大伙可别忘了投邱副处长一票啊！再说了，有些人根本不替咱说话，咱凭啥投他的票？！

兄弟说得对！机关里就有那么几个人，自视清高，老子天下第一，对谁都待答不理，总好像别人欠他什么，投这些人的票咱不是犯贱吗？！紧挨邱副处长的项目处小李，深有感触地附和道。

邱副处长抱拳绕场一圈，堆着满脸横肉，故意调高嗓门：兄弟们说得在理！至于我自己的事，大家千万不要犯难。机会嘛，以后还有得是。

邱副处长一本正经地说着，服务员把一盘炒鸡端了上来。他侧着身子，谦恭得给每人夹了一块鸡肉。机灵的小王反应敏捷，表忠心似的，端着空盘说：您放心，邱副处长，在座的兄弟们可不是白眼狼！对您没说的，一个顶一个！

……

时间在男主人的娓娓描述中慢慢溜过，女

主人突然把我搁置一旁，眼睛眨巴个不停，特意高声扔了一句：当时，你是咋表现的？保不齐不会像他们一样犯晕吧？！

我？男主人哈哈大笑：你看我像吗？！能参加那样的场合，说明人家瞧得起咱，咱既不能犯晕也不能冒进，只好见机行事，随……大溜呗！

随大溜？随大溜你就不入流，人家会拿你可有可无。女主人憋瞪着眼，责怪男主人。男主人心里装有自己的小九九，硬着头皮，不屑一顾地说：这样的流不入也罢。姓邱的鬼头蛤蟆眼，当面是人背后是鬼，本来就不是个好东西！

女主人一巴掌打在男主人的胸口，狠狠地说：知道他不是个好东西，那你还瞎去掺和？！

你就是天生的死脑筋，纯粹一根筋！现在的世道哪像你想象的，只有黑白就没有别的？男主人歪扭着脖子，轻轻地把我抱到沙发上，一边抚摸着我的背部，一边认真地说：对这种恶人、小人，你也不能一恨了之，啥事都挑破了、明着跟他对着干，无异于正面树敌。人们不是说吗，害人之心不可有，防人之心不可无。现如今，跟这种人交往，与其表面上斗来斗去，伤了和气，不如退而结网，私底下布局设防。

所以，一不小心，你就喝高了？女主人显得从容淡定。

对！你猜得没错。看男主人那神情，像什么都没有发生过一样。

高！实在是高！我老公看样子老实本分的，亏得还有这样的鬼心眼。之前，俺真是小看你了。女主人挺挺身子，端起茶几上的水杯，咕咚咕咚连喝几口，笑吟吟地直跟我打招呼。

我受宠若惊，纵身一跃，一个箭步从沙发上跑过来，左右摇晃着尾巴，紧紧搂住了女主人的裤腿。女主人心有灵犀，会意地撅起屁股，转身朝南面阳台走去，趁她从那彩色的袋子里掏取狗粮的机会，我早已乖乖地委蹲身子，眼巴巴地等着赐一顿美食……

随主人郊游

作为一只宠物，我尽管享受着男女主人的百般呵护，但从来没有奢望过，能有这样的机会，欣赏城市郊外的美景。和煦宜人的阳光下，宽阔的水面像平铺的彩绸，泛着粼粼波光，雨后的远处群山揭开朦胧的面纱，展露出巨人般的手指。蹲在水库北面的大堤旁，我呼吸着清新如洗的空气，心里有说不出的舒坦，但一见到我家女主人抱着阿琪，便顿生醋意，立刻飞奔过去。

阿琪是只宠物狗，是我家男主人同事家一只和我一样的泰迪熊。它比我大一岁，满身卷着灰毛，眼睛黝黑发光，两只鼻孔细细的，嘴巴一张露出满口的白牙。在我们这个家族里，偶见纯正灰色的泰迪，能拥有这样的宠物，足显主人的身份。

这是一次两个拥有同类宠物的家庭聚会。为了今天的聚会，聪明的男主人绞尽了脑汁。我家男主人的同事是位姓张的老处长，三个月前轮岗到项目处，成为男主人的直接领导。近来，因为各地申报的项目较多，需要考察核实，张处长带着男主人接连出几趟差，对男主人的表现很认可，有意透露了处里的干部安排。半月前，男主人加班很晚回家，神秘地对女主人说：现在，处里还空一名副处长，张处长让我有思想准备。

啥叫有思想准备？女主人放下手中的拖把，脸色十分凝重。

男主人故意愣了一会儿，扶着女主人坐在沙发上：所谓思想准备，我理解就是让我想法做做工作，积极争取一下。

咋着争取？

请客吃饭。

太俗了。再说，局好设，客难请。

那……

你就死脑筋？想想你们处长有啥爱好？

噢……对了，他家也养了一只狗。

得！这不就好办了？！

……

于是，就有了两个家庭这次郊外的聚会。其实，这里说的郊外就是城市的南部山区。N市的城市建设，总体而论是东西狭长、南高北低，城市中心洼洼的，多少有些像盆地。南部山区是这个城市的天然水源地，天造地设地集中分布卧牛山和笔架山两座水库，据说N市的吃水基本上来源于此。我们的本次聚会，就选择了卧牛山水库的北面大堤边。凭借作为一个家庭宠物的眼光与智商，我觉得今天的活动，对我家男主人来说意义非同寻常。

张处长那辆黑色帕萨特刚停靠在大堤上，我家男主人就上前打开了后车门，最先下车的不是张处长、也不是处长夫人，而是一只灰色的泰迪。它身材矮小，穿着漂亮的绒毛花格布兜，头部烫成了烟花状，俨然一名机灵的警卫，伸着舌头围绕轿车转了一圈，往后车轮边洒了脬尿，摇晃着尾巴，恭候处长夫人。处长夫人四十多岁，烫着蓬松的短发，一袭墨绿色的裙子，脚穿六七分白色高跟鞋，刚下车就戴上了太阳镜。我家女主人毕竟是小字辈，完全不见了在家的威风，上前搀住处长夫人的胳膊，笑容可掬地说：嫂子好气质啊，走，我陪您去钓鱼！说着，两人朝大堤下面一只硕大的遮阳伞走去。

再看张处长，留着光滑的平头，穿着一身黑色耐克运动装，从后备箱取出金属鱼竿，朝我家男主人笑了笑，跟着男主人来到紧挨夫人一边的另一只遮阳伞下，不出五分钟，便准备好钓鱼的所有行头。男主人将提前购买的蚯蚓剪成小段，小心翼翼地串在张处长的倒金鱼钩上，扭头笑着说：处长，今天，嫂子和俺们就等着吃您钓来的美味了。

好！也让你们看看我的手气。张处长稳坐马扎上，拢拢稀疏的头发，身子前仰后倾一番，试探着摆出甩竿的架势，接着，扬手划出一条漂亮的白色弧线，彩色的浮标落在平静的水面上。

瞄着眼前的一切，我心里痒成一团。世间万物，人为灵长，人之为人，阶层来分。作为动物中的宠物，终归是动物，但动物有动物的思维，也有享受快乐与幸福的权利。如今，跟着主人郊游至此，眼瞅着他们快乐地钓鱼，我除了分享其中的快乐之外，作为动物特有的乐趣，自己还能干些什么呢？

我正处在郁闷之中，突然看见遮阳伞下我家女主人抱着那只灰色泰迪，一边抚摸着它脖颈下面的黑色茸毛，一边与处长夫人谈笑风生。我二话没说，气呼呼地奔到女主人身旁，用力来回撕咬女主人的裤角。女主人受了惊吓，连忙地将灰色泰迪递给处长夫人，显得十分不自然，解释道：真不好意思，嫂子，你看这宠物还吃醋呢?

可不是吗?半月前，傍晚我带着阿琪上街，路上遇到熟人，摸了他家京巴几下，阿琪上前就咬了人家一口。处长夫人斜靠在塑料椅子上，吻着阿琪的头，摆出一副炫耀的架势。

听了处长夫人一番话，女主人多少有些自卑，失意地说：俺家安瑞小胆，遇到这种事，也只是嘀咕几声，给它几个胆子，它也不敢咬人家。

处长夫人把太阳镜往头上一推，立刻露出有些肿胀的双眼，神气十足地说：宠物和人一样，不能没有血性，否则的话，就会受同伴们欺负。

女主人探着身体，迅即接过话茬儿：嫂子说得对！俺家安瑞就跟我老公差不多，遇事不争不抢，有怨气就埋在心里，所以经常吃亏。

常言道：吃亏是福。处长夫人话音未落，话锋一转：可吃亏总是自己的，哪来的福啊！现在，办啥事都得凭人情、靠关系，做人千万不能太傻了！再说了，人总比宠物聪明吧？！

处长夫人的话语，无意中给女主人竖了根爬杆。她揽过话题，朝东面的遮阳伞看了几眼，半是慨叹半是埋怨地说：是啊！你看张处长人多好啊！我老公就是不好意思，脸皮薄得像层纸似的。好在最近跟张处长接连出了趟差，才多少放开了一些。

都是处里的同事，用不着客气。嫂子轻轻放下怀中的阿琪，拧开矿泉水瓶盖，润了润嗓子，对女主人说：以后，再有什么事，就找俺家老张。

谢嫂子！女主人如同得到了圣旨，差点流出泪来。

谢啥，都是自家人。处长夫人哈哈一笑，用戴着铂金戒指的右手指着女主人怀里：你还抱着它干吗，难得出来一趟，让它们自己玩去吧！

好嘞，我去喂它们些吃的。女主人说完，顺手把我放在地上，朝堤边黑色轿车走去。不一会儿，我那嗅觉灵敏的鼻子，便闻到鹿肉浓香的味道。我奋不顾身地往堤上跑，刚靠近放满鹿肉丝的不锈钢盘子，阿琪那长长的嘴巴便挤了过来，我俩三下五除二，将鹿肉丝吃了个精光，把盘子顶了个底朝天，尔后，迈着轻巧碎步回到遮阳伞旁边的草地上。

彩色遮阳伞下，张处长右手握着鱼竿，眼睛直勾勾地盯着水面。钓鱼对男主人来说，原本就是个借口，他早已将自己的鱼竿搁置一边，搬着马扎靠在张处长身旁，仔细数着张处长钓鱼的“战果”，殷勤十足地说：还是处长水平高，两个小时不到，就钓了十多条鱼，每一条都有斤八沉。

张处长不经意地擦拭着额头，接过男主人递来的矿泉水，伸了伸身子，笑着说：钓鱼最重要的要有一个好心情，做到心若止水，不为假标所蒙蔽，同时还要凭运气，顺其自然。正如常言说的那样，心急吃不上热豆腐。

男主人提着鱼筒凑过去，既羡慕又自责说：处长说得很有道理，今天不知怎么了，我这一上午才钓了两条小鱼。

你主要是心浮气躁、心不在焉。处长坦然放下鱼竿，瞥了男主人一眼，说话一斧头砍到脉。

男主人嗓子像被刺扎了一样，霎时脸色通红，长时间没有说出话来。也许是为了给自己找个台阶，他转悠着走到草丛，抱起正在打滚、浑身泥土的阿琪，谁知阿琪似乎不领情，奋力挣扎跳将下来，接着，两只前脚一把搂住了我的脖子。顿时，我感到呼吸一阵困难，扭头用牙咬住它的腿，趁它不得已松腿的功夫，我猛地一跃将它扑翻在地，刚欲纵身骑到它的身上，就听见处长夫人大声惊叫：阿——琪！你怎么啦？快起来！

处长夫人喊声未落，我被男主人一把推下来。我在草地上连打几个滚，摔在草丛边的砖崖上，等忍着疼痛站起来的时候，阿琪早已让我家女主人抱走。我望着吱呀乱叫的阿琪，心里既纳闷又不服气，愤愤地想：真是讨厌，俺们宠物之间嬉闹玩耍，本来好好的，你们这些人掺和啥?

时间在张处长鱼竿的扬起落下中慢慢溜走，轮到吃饭的时候，男主人特地吩咐岸边一家鱼馆，用张处长钓上来的鱼，做了一桌丰盛的午餐。我和阿琪游荡在鱼馆门口，眼看着主人们尽情地享受美味，不禁伸出舌头，流下长长的涎水。

离开水库的时候，已是下午三点。处长夫人手扶车门，脸部掠过丝丝无奈，迟疑了很久，没有唤阿琪上车。据说，在平常，主人与阿琪一同吃饭，夜里经常搂着阿琪一起睡。如今，面对浑身沾满泥土的阿琪，处长夫人不免有些为难。

聪明的女主人眼睛滴溜溜直转，似乎意识到什么，赶紧将阿琪抱进车里，尔后，转过身去，从衣兜里掏出一个信封，轻声对处长夫人说：嫂子，阿琪出来一趟，弄得浑身是土，都怪俺家安瑞，这里面有张美容卡，抽空您就带它洗个澡吧。

处长夫人推搡几下，连忙钻进车里。我家

女主人趁她打开窗户招手告别的时候，硬硬地又把信封塞进车里。不一会儿，张处长发动了汽车，一眨眼的工夫，车子驶上岸边大道。远远望去，顺着轿车天窗，一片小花布抖搂出来，悠然飘向空中。

行驶在回家的路上，女主人揽着我坐在后面，哼起了小曲。男主人扭过头问：你说，咱给处长那卡……？

你是啥意思？说明白点！女主人往前靠靠身子，责怪道。

男主人疑惑不解：我是说……那张美容卡，能管用吗？

女主人摆摆手，蛮有把握地说：老百姓不是说吗，舍不得孩子套不得狼！

那……

那啥？

不……我是说，都听你的。

唉……这不就得了。

参加宠物比赛

在会展中心门口，当男主人领着我交六百元参赛费的时候，我突然觉得十分好笑。偌大一个会展中心，本来为筹办贸易展会而建，却偏偏拿来举办什么宠物比赛，这岂不是扯淡！况且，刚刚进入初夏，正是各种展会的活跃季。

比赛将于一个月后举行。既然报了名，说啥也不能跑肚拉稀。俗话说，临阵磨枪，不快也光。报名参赛的第二天下午，男主人把我带到位于城市东郊的宠物训练场。

其实，这是一处宠物养殖基地。基地依山而建，坐东朝西，南北两排十几个大铁笼里，分别豢养着藏獒、德国黑贝、牧羊犬、哈士奇、泰迪、雪纳瑞、京巴、吉娃娃等大小宠物。见到这么多可爱的同类，我的脚步放得格外慢，每每经过一个铁笼，我都要驻足一会儿，以同类们特有的方式——伸舌头、翘尾巴，对了，还有独特的动物气味，与它们打招呼。

场主留着扁扁的平头，黝黑的面孔，炯炯的眼睛，圆领方格对襟上衣，勉强盖住隆起的小腹，看他走路利落的架势，年龄不会超过五十。男主人说明来意，把我介绍完，他就老鹰抓小鸡似的，一把掐起我的脖子，刚打开我的嘴巴，他就亮起那沙哑的嗓子：两岁左右，正是好玩的时候。话说前头，即使在我这里训练过，也保证不了它能拿个好名次。

对他的驭犬之术，我们多有了解。他既是宠物养殖场的场主，也是这一带有名的宠物指导手——也就是宠物培训师，整天围着宠物狗转，甚至跟狗一起睡觉，了解各种狗狗的脾性。能来这儿训练，的确是一种荣幸。男主人面部肌肉抖动几下，撇着嘴笑了笑，坦然回道：您是行家，尽管训它就是了。

两人话虽说得简单，可摊在我身上，却并不那么轻松。来到铁笼最南端的一片空地，场主弯腰蹲在地上，仔细盯着我来回走了两遍，我的“魔鬼训练”就开始了。首次训练便是爬杆——一根足有十米的水泥杆，距地一米平架在两头水泥墩上，让我来回走三趟。颤颤巍巍地，第一趟我过去了，权且属于初生牛犊不怕虎。第二趟走到中间，我却畏缩不前，担心自己会掉下去。我瞻前顾后，腿脚发软，在场主监督下，一迈动脚步就滑倒在地。男主人刚想动身，被场主摆手挡了回去。我觉得孤立无援，顿时“哼唧”起来。场主哪管这些，硬是将我放在杆头。无奈，面对这场心理和意志的考验，我的腿真是不争气，才走两步，又摔在地上。

我歪歪扭扭爬起来，夹着尾巴委屈地跑到主人身边。

它这个样子，是不是饿了？男主人怯怯地问。

也许吧。喂点儿狗粮，鼓励它一下。场主不耐烦地说。

等我吃完狗粮，夕阳已经挂在对面屋顶，夜幕开始慢慢拉开。此时，各种宠物的叫声穿过铁笼，响彻基地上空，整个养殖基地躁动起来。场主挺起腰杆，笑着对男主人说：看来，今天就到这儿吧。如果想继续训练，明天下午还这个时间。

就这样，经过近二十天的训练，在场主的严格教导下，我学会了亮相、投球、跳圈等不曾学到的本事，浑身攒足了劲，直等着上场一展身手。

参赛那天正好是周末，老天阴沉着脸，淅淅沥沥下着小雨。清晨醒来，女主人急着给我打理毛发，在狗粮里特意添加了鹿肉沫，等我喝完牛奶，又帮我刷了几遍牙，出门前，专门在我头上系个红色的蝴蝶结。乘车赶往赛场的路上，女主人在前座搂着我，男主人抚摸着我的额头，虽然外面刮风下雨，但我的心里却暖洋洋的，有种不是去比赛的轻松感。

来到会展中心，男主人撑着雨伞抱我步入一楼大厅的时候，一股股动物粪便的味道扑鼻而来。这里哪是什么会展大厅啊，简直成了宠物市场，什么藏獒、京巴、德国牧羊……各种宠物的巨幅广告，立在会场四周，几乎每种宠物的摊位前，都遍布着大小不等的粪便，散发着熏人的腥臊气味。

男女主人捂着鼻孔，艰难地绕过几个摊位，带我踏上通往二楼的扶梯。二层宽敞的大厅，早已熙熙攘攘，巨大的“华东片区宠物大赛”背景板前，聚集了几十只金毛、松狮、哈士奇、泰迪、雪纳瑞、萨摩耶、牧羊犬等各类宠物。宠物主人们焦急地站一旁，看着他们精神紧张、神态各异的样子，似乎即将参赛的不是宠物，倒像是自己。按照比赛程序，男主人正在前面排队抽签，我躲在女主人身后，眼睛眨巴地小心翼翼打量着周围的一切，没了刚才的轻松感，整个心脏也跳到了嗓子眼儿。

根据比赛标准，宠物比赛分为两组：一组是A组，系大型犬，一组是B组，系小型犬。比赛包括外形外貌、精神气质、技能技巧三部分内容，A组、B组同时进行。随着裁判哨声的响起，比赛正式开始。在B组三十八个宠物中，有贵宾、泰迪、雪纳瑞、拉布拉多、京巴、吉娃娃等六个种类，由于我的签是十二号，所以，我被男主人抱着站在赛场围挡外，一边观望别的宠物比赛，一边调整心态等待上场。眼看五六个同类登台亮相，综合分裁判都给打了七十多分，我担心自己技不如人，多少有点儿紧张，接连两次闹着到卫生间撒尿。

我再次挤到入场口，工作人员刚好喊到十二号。我由男主人领着，来到赛场中央。在众多的宠物和观众面前，我高昂着毛茸茸的头，耸动着头顶的蝴蝶结，抖擞着浑身的棕色卷毛，颠着脚步来回转了三圈，足以展示了我的外形和气质，赢得四周一阵阵掌声。轮到技能环节，我表演的是钻圈拣球。两名工作人员将两个套圈上下固定，朝赛场某个角落扔下三个皮球。裁判哨声一响，我像注射了吗啡一样，立即进入状态，轻松跃入底层的套圈后，又转身穿跃上面的套圈，来回三遍无一闪失。旋即，以最快的速度，跑到赛场角落，接连叼起三个皮球，一一精确投进裁判面前的篮筐里。熟练地做完这些动作，我得意地朝场外的女主人扮个鬼脸，又神态自若地回到场地中间，等待评分结果。短短三分钟之后，经综合权衡，裁判给我的综合得分是：七十八分。

鉴于后面尚有二十多个同类，赛事还需近一个小时，比赛结果一时半会出不来。转身离开赛场，女主人立即赏我几口美食——平常我最爱吃的鹿肉丝，接着，跟着两个主人在场外荡悠起来。这时，我惊奇地发现，场外比赛的激烈程度并不亚于场内——从那参差排列的宠物笼子中，足可看出宠物主人们的良苦用心，每个不同笼子的背后，都默默体现着主人的尊贵和宠物的身价。自动化带保暖箱的，住着憨厚的拉布拉多；内有净化空气装置的，是白色贵宾的住所；单薄一层塑钢的，躺着灰色雪纳瑞；透明四方盒子里面，蜷缩着一只小京巴……相比而言，作为我们家的宠物，我则有些自惭形秽，前来参赛的时候，连个简单的行囊也没有。

男主人下意识地停在自动保暖箱前，刚欲张口，蹲在旁边的胖女人就说：这东西产自日本，养个普通宠物大材小用。

我家女主人闻听那女主人话里有话，偏不信邪服输，故意支起耳朵问：这玩意儿值多少钱？

那胖女人待答不理地：别小看这个玩意，上万块呢？！

女主人不屑一顾地说：才上万块？我还以为得个几万呢？

那女人噎得满脸通红，立马翻个白眼，转过身去。

男主人见两个人对掐起来，上前拉住了女主人的胳膊。女主人较真地嗔怪道：俺俩在讨论狗事呢，你拉我干啥？

男主人脸上不悦，默不做声地将我抱起，转身离开了这个是非之地。其实，我心里跟明镜似的：面对如此的尴尬，男主人不希望因为一个小小的狗窝，女主人跟人家拌嘴吵架，惹一肚子气。

刚来到裁判桌附近，哨声急促地响起，在众多宠物主人们的欢呼中，我意识到：B组的赛事结束了。于是，工作人员根据抽签顺序，招呼所有参赛选手列队入场。在男主人的陪同下，我跟着前面的雪纳瑞、贵宾等宠物，站在队伍中间，昂着头、竖着耳，静静地等等候裁判宣布结果。时间一分一秒地过去，人群中开始躁动：为什么还不宣布？难道结果有问题？正当人们猜疑发酵之时，蓄着小胡子的高个裁判站起身来，操着他那洪亮的嗓音，大声宣布：

在今天上午严格激烈的比赛中，各位宠物充分展示了自己的形态、面貌和才艺，经裁判综合评价，获得前三名的是贵宾方方、雪纳瑞圆圆、泰迪安瑞……

乍听裁判喊出自己的名字，我猛地蹿出了队列，旋即又被男主人大声唤了回来。我突然感到了失态，急忙趴伏在男主人脚边，朝四周偷偷观望。不一会儿，工作人员领着方方、圆圆和我，一字排到裁判桌前。三位裁判分别将我们抱到相应的位次，把鲜红的获奖绶带挂到我们三个脖子上，又在一片热烈掌声中，请出了我们尊贵的主人。这时，三五个聪明的摄影师立刻举起了“长枪短炮”，“叭叭”照个不停……处在耀眼的镁光灯下，朦朦胧胧地，我突然飘飘然感觉到，自己宛若当红的所谓明星，一夜之间拥有了自己的粉丝。

足足半小时光景，我陶醉在无比的幸福之中。女主人踮脚挤在对面的人群里，一个劲儿挥舞着胳膊，高兴得合不拢嘴，眼含着热泪，再三朝我招手。男主人有些忘乎所以，好像生怕别人将我抢去，紧紧地搂抱着我，朝我脸部吻个不停，令我一时喘不过气来。刚才那位与我家女主人拌掐的胖女人，也不禁搓起胖乎乎的双手，不好意思地抿着嘴唇，投来惊诧艳羡的目光。此情此景，让我再一次意识到：这是我安瑞的胜利，也是我家主人的胜利！

Dapei 第二次

GAN ZHI MA JIANG DE XUE WEN

感知麻将的“学问”

的确，在机关单位任职是很清苦的，除了能够按期领取薪水，最大的盼头莫过于谋个一官半职。为了这一官半职，多少人削尖脑袋往上爬，最终如愿者却寥若晨星。尽管如此，我家男主人还是落入了这个窠臼。每当女主人责备他技不如人、升迁过慢，他总要慨叹：当下，在组织提拔的干部中不外三种人，一种是家境优越、关系特殊的人，一种是八面玲珑、溜须拍马的人，再一种是埋头苦干、任劳任怨的人。

这三种人，第一种天造地设、无法攀比，第二种天姿聪明、投机取巧，第三种甘为黄牛、任人摆布。而自己，不属于这三种人中的任何一种，能随大流就行。但是，女主人不甘心自己的丈夫窝囊受气，逼着他试图改变自己。于是，他凭借儿时学到的一门技艺，硬是找到了当面溜须拍马的契机。

夏天的周末格外难熬。人们躲在房子里，借着空调的冷气，感受些许的清凉，驱逐内心的焦灼。男主人陪着妻子吃完冷面，回到卫生间穿上背心、短裤，夹起黑色皮包刚想出门，就被女主人叫住：一会儿，我先去超市买些东西，等我回来以后你再出去。

男主人骤然一愣，憋得满脸通红：那不行，张处长那边正等着呢！

怎么不行？！又不是什么要命的事？女主人心里跟明镜似的，不就是垒长城圈麻将吗，用得着这样猴急猴急的？

张处长刚才电话说，正三缺一！张处长是

男主人所在的项目处处长，业余时间除了豢养宠物，还特别喜欢打麻将，近段时间每逢家里有局经常喊着男主人。恰巧，正好应了我家男女主人的心思。

反正，我今天不能陪安瑞下楼了。要不……

要不什么……总不能让我带着安瑞去处长家吧？！

怎么不能？他家不是有阿琪吗？让安瑞和它一起玩。

我正蹲在餐桌一旁，乖乖地任由主人抚摸，闻听两位主人的对话，陡然竖起耳朵，直勾勾地看着男主人，生怕失去与阿琪一起玩的机会。男主人见我可怜巴巴的样子，似乎动了恻隐之心，立即将我抱起。

开车半小时，来到张处长楼下，早已有两辆轿车停在路边。刚进张处长家门，聪明的阿琪便迎了出来。作为和我一类的宠物狗，阿琪眨着黝黑的眼睛，翘着细细的鼻孔，露出满口的牙齿，在与我耳鬓厮磨的过程中，我发现它剪去了满身的灰色卷毛，突然变得小巧伶俐了许多。跟着它走进宽敞的客厅，造型别致的麻将桌四周已经坐满了人：张处长稳居东首，南北两面分别是规划处李处长、综合处刘副处长，西面则是刚落座的我家男主人。

听说你家安瑞参加宠物比赛，还拿了奖？综合处刘副处长外号“包打听”，当着众人的面，充满诡谲地问。

男主人羞涩地望了张处长一眼，轻描淡写地说：本想掺和一下，谁知道意外得了个小型犬第三名。

刘副处长侧过身子，抱着阿琪亲了两口，故意卖个关子：你说，要是阿琪去参赛，能拿个啥名次？

男主人笑了笑：那还用说，照阿琪这可爱的模样，保不齐能获个第一、第二的。

别在这给我打牙祭了，赶紧打牌！对他们借阿琪“烧香拜佛”，张处长心里比谁都清楚。他顺手点颗香烟，亮起了色子（麻将点）。

按照自定的麻将规则，每人抽五十根火柴棒，每根火柴棒相当于二十元，四个人总计四千元，牌打过四圈后，根据每个人的输赢情况，将火柴棒变现为人民币。

牌局伊始，张处长打色子确定庄家，也许是巧合，连打两次竟然都是张处长自己。于是，牌局从张处长坐庄开始，逆时针顺序展开，即张处长→刘副处长→我家男主人→李处长→张处长……如此循环，四圈为一个休止符。

阿琪好像习惯了这单调的牌起牌落，围着麻将桌转了一圈，驻足张处长身边，哼哼唧唧攀爬几次，被张处长拨拉到桌下。而我，像看西洋景似的，新鲜好奇得来回在桌底窜动。在与阿琪追逐嬉闹的过程中，将桌布咬住，不小心碰倒了茶杯。张处长盛怒之下，把我俩赶到阳台上。聪明的阿琪心有不甘，待张处长回落坐定，便带我来到自己的小窝——卫生间角落的高档木笼。在这间足有半平米的木笼里，我和阿琪远离外面的喧闹，似乎找到了应有的自尊，以动物独特的方式倾情玩耍。这时，我又一次体会到人与动物之间的区别：动物即便摇身变成所谓宠物，也不过是人类的玩物，其地位的高低和尊严，关键要看主人的喜怒哀乐。

我和阿琪玩耍正酣，隐约听见敲门的声音。阿琪竖起耳朵，迅速跑了过去。我好奇地跟在阿琪后面，恰巧碰到处长夫人推门而入。乍一见到我，她像躲瘟疫似的，马上捂住鼻子：这是谁家的狗？

不好意思，让嫂子受惊了。我家男主人正待发牌，旋即跑过来，赶紧把我抱在怀里，连忙解释：媳妇不在家，我只好把安瑞带来了。

处长夫人没有言语，拎起阿琪坐在处长身边，翻开桌布下面的火柴棒，特意问：输多少了？

张处长挡开夫人的手，惬意地吐了口浓烟：说什么呢？没看见这么多根火柴，很明显吗，这帮小子在故意让我呢？！

张处长一语道破了麻将背后的真谛。为什么人们要让着他？说白了，还不是机关干部升迁那档子事：对李处长、刘副处长一来说，张处长这一票要确保；对我家男主人而言，张处长的态度决定他的命运。一年前，规划处就空出一名副处长的位置，至今没有补充，为此，我家主人费了不少心思，绞尽脑汁讨好张处长。自从得知张处长在家作局，他就根据女主人建议，重新拾起儿时玩过的麻将，隔三差五陪张处长打几圈。开始，只单纯地数火柴棒，后来按火柴棒多少论输赢，每场结束时以人民币来变现。算来算去，总是输多赢少。而今天，他与张处长的这一次又将怎么样呢？

在男主人的怀里，我奋力挣扎着，试图用前爪掀开桌布。男主人使劲地按住我，生怕让我发现桌布下面的故事。他越是有意阻挡，我越是充满好奇。正当我俩暗中“较劲”的时候，牌局出现了一波高潮：我家男主人无意中甩出一张“红中”，结果，正撞到张处长的“枪口上”，他“绿发”与“红中”对倒——和了。张处长的这一“和”，立刻惹得场面一阵鼓躁。南面的李处长抹着长发背头，急得直跺脚，敲打着桌面，埋怨男主人随意出牌。北面的刘副处长瞪起鼠一样的眼睛，斜睨着男主人，不阴不阳地嘲弄道：人家小赵果然聪明，这牌打得可人，水平的确很不一般。

男主人霎时变得满脸通红，连忙解释：我在这儿打牌，纯粹是跟着感觉走。

刘副处长嗔然一笑：你这感觉也真对路，好像张处长肚里的蛔虫一样，知晓张处长心里在想什么。

废话，哪有那么多道道！面对李、刘两位处长的调侃，张处长早已显得不耐烦，他猛地抽几口香烟，埋在浓浓的烟雾里厉声高喊：兄弟们，甭逗哏拌嘴了，每人柴棒五根，赶紧点火拿钱吧！

且——慢！李处长弯腰前倾，照着桌上的牌局再三打量之后，像泄气的皮球，怏怏然一屁股蹲在椅子上：算了，不跟你张处长计较。说着，从右首案下取出五根柴棒，送到张处长面前。在张处长惬意地数着柴棒的同时，刘副处长不情愿地也掏出了五根柴棒。可是，轮到男主人的时候，他却突然傻眼了，我猫腰定睛一看，桌布下面仅有可怜的三根柴棒。面对这等尴尬局面，该如何收场是好？此时，我真有些咸吃萝卜淡操心。正当我愁得一筹莫展的时候，男主人腆着脸请求张处长：不好意思，我得先借您十根火柴。

好吧，你且先拿去用着。张处长爽快地应称着，得意洋洋地摸出十根火柴，随手递给对面我家男主人。眼见张处长如此大方，我觉得个中道理不言自明：按照规则，输完了火柴棒，就失去玩乐的资本，相对这场牌局来说，则意味着终局。但是，张处长赢在兴头，岂容旁人扫兴？再说，如果我家男主人出了局，在场的其他人谁又能送牌予他，平白无故地服输？

想到这里，我突然觉得十分好笑。几个月前的一天晚上，我家男主人很晚“加班”回家，当着女主人和我的面，兴高采烈地意外掏出六百元钱。女主人好生奇怪，平时家里的钱都由她保管，男主人即便理发也需问她讨要，于是，惊诧万分：这钱是怎么回事？

你猜？男主人神经兮兮地说。

刚发的加班费？女主人猜道。

再猜？

猜不着。

那我就告诉你：赢的！

怎么赢的？

打麻将赢的。

跟谁打麻将？

跟张处长。

女主人乍听丈夫跟自己的处长打麻将，还赢了处长的钱，神色顿时有些紧张。她一把将我从沙发推到地毯上，对着丈夫劈头盖脸大声责怪道：你是呆还是傻？人家在麻将桌上故意输钱给领导还来不及呢，你可好，偏偏赢了处长的钱。你这样没有眼色，不——是不识时务，以后再打牌的话，哪个当处长的还会叫你？

那……咋办？男主人没了主意，嗫嚅着。

咋……办？再想法“输”回去呗！女主人瞪了眼丈夫，特意提醒道。

于是，这场牌局的游戏规则就这样被默认下来。我家男主人每每在张处长家打牌，总是输多赢少，掐来算去，不到半年时间，女主人专供打牌给的五千多元钱，就被男主人心甘情愿地“输”给了张处长。对于男主人的如此“孝敬”，张处长也心领神会，总是想方设法投桃报李，在工作和生活上尽量提供方便。至于处里搁置半年的副处长之位，依然高悬半空，吊着年轻人的胃口。

此刻，作为主人家忠实的宠物，我眼睁睁看着男主人一次次输钱，着实有些按捺不住。蹲在他的大腿上，我简直如坐针毡，恨不得把男主人进贡处长的东西统统讨回来。处于这个特殊的场合，男主人或许意识到我的“反叛”，生怕惹是生非，紧紧将我搂住。我铆足所有的力气，死死地挣扎，情急之下，狠狠朝他的下巴"亲"了一口。他疼得"哎哟"一声，甩手将我扔了出去。我斜倒在地板上，蓦地感到小腹一阵内急，实在坚持不住，一股强劲的热流喷涌而出，撒得遍地都是，搅得整个牌局乱成一团。

如此，夏夜的这场牌局不欢而散。乘车回家途中，我怯怯地躲在后面座位上，大气不敢出，生怕弄出什么动静，惹得男主人再发脾气。凭借我的认知和理解，刚才这场牌局不过是小小的插曲，尽管一时因我而早早结束，但绝不会打消张处长主动做局的念头。或许，只要那副处长的位置依然空着，类似的牌局还会继续、再继续……

第二次

Dierci

HE ZHU REN HUI LAO JIA

和主人回老家

民间有句俗话：一个父亲能养十个儿子，十个儿子却养不了一个爹。对众多晚辈来说，这不能不说是绝妙的讽刺。你说，父母辛苦一辈子，将儿女们拉扯成人，为的是什么？不就是为了儿女幸福，为了晚年自己有个着落。但是，这种朴素、可怜的愿望却偏偏得不到应有的回应，不能不说是作为老人的凄凉、社会的悲哀。

眼下，这种事情恰恰摊到我家主人的头上。

我家男主人毕竟是堂堂七尺男儿，平常无论遇到多么大的事情，他都很少提前回家，也很少看见他一个人偷偷抹眼泪。有道是：男儿有泪不轻弹，只缘未到伤心处。莫非真的让男主人遇到了伤心的事？怀揣一颗十分好奇的心，我蹑手蹑脚挨到男主人身旁，只见他手里拿着张横格稿纸，好像是一封信，上面歪歪扭扭地写着一些汉字，至于这些汉字都念些什么，我一时弄不明白，权且原原本本抄录下来：

儿啊，娘真想成为你家的一条狗。

去年，自从你爹走了以后，你就很少回过家。你说，现在挣个钱不容易，回一趟家需要花不少的钱。对这样的道理，当娘的知道，不糊涂。可是，娘万万没有想到，你为了养一条狗，却舍得每月花掉原本寄给娘的三百元钱，而这些钱，恰恰刚够一条小狗一个月的口粮……所以，儿啊，娘想来想去就不明白了：现如今，为啥当娘的竟然还不如你养的一条狗？对一条宠物狗，天冷了，你还可以为它铺个温暖的小窝，添加几件漂亮的衣裳，忘不了给它准备一些奶粉、补充些营养。而娘呢，早已哭肿了眼睛，干等着你这做儿子的回来一趟……

儿啊，娘不怕让人笑话，如果有那么一天，娘真想成为你家的一条狗。

抄完这封信，时间已是下午六点。走廊里，传来熟悉的开门声，女主人推门而入，往沙发上扔下紫红色的手提包，突然发现男主人眼圈红红的，疑惑不解地问：这是咋了，出啥事了？！

男主人干咳几声，放下手中的稿纸，朝女主人哝哝嘴。女主人脱掉红色外套，弯腰拿起稿纸，匆匆忙忙地扫视几遍，浑身陷进沙发里，沉默了许久，咬着牙齿对丈夫说：哪有你娘这样的，就不能看着咱过几天舒心的日子！你打算咋办？

咋办？！男主人擦拭着眼角，从牙缝里挤

出话来：父亲去世眼看快一年，要不找个周末回老家看看她老人家。

你说得倒轻巧！女主人忽地离开沙发，掐着腰盯着男主人：回趟老家怎么说也得两天，这段时间安瑞咋办？它自己在家指定不行，谁来照顾？

男主人登时语噎，满脸憋成了猪肝色，显出些许不快：如果……把安瑞放到家里你不放心，不妨带它一起回农村。

女主人立刻打岔，愤愤不平地反问：回农村？回农村让安瑞吃什么，喝西北风去？！

看你说的，活人能让尿憋死？男主人沿着门厅过道踱个来回，一边挠头一边提着嗓子说：去农村时咱不会捎带些狗粮？

好！就听你这回。女主人一时拿不出更好的办法，索性躬身将我抱起，亲吻着我的额头，安慰道：宝贝，这下只好让你受点委屈，既然免不了回去，也只能这样。

……

如果不是亲眼所见，也许你会凭借自己的第六感觉，顺着女主人的思绪，始终责怪身在农村的娘会托人给儿子写了那封令人伤心的信。

颠簸了半天的路程，当跟随主人下车的时候，我简直被眼前的景象惊呆了。难道这就是生养男主人的家吗？黑色帕萨特无法通过狭窄的泥泞小道，只好停靠离家足有百米的大街上。男主人左手提一袋白面、右手拎桶花生油，歪歪扭扭走在前面，女主人左胳膊拖着我、右手拿一盒桃酥，跌跌撞撞跟随其后，而我则像没见过世面的“外星人”，用陌生的眼睛四处观望。

往南前行五十余米，主人带着我来到胡同中间。这是一处再普通不过的乡间宅院，低矮的门楼下敞着两扇破旧的木门，干枯的树秸扎成毛糙的围墙，穿过门楼迎面是一座裂缝的土坯屋。我们刚走进院子，就看见从屋里挪出一个佝偻的身影。她满头白发，面部像挂着两只

干瘪的核桃，深陷的眼睛透出朦胧的光亮。她就是我家男主人的母亲？没等我缓过神来，只看见男主人扔掉手中的油桶、面袋，疾步上前，膝盖跪地，搂住她的双腿，哽咽着喊：娘……儿来看您了。

嗯……来了就好，娘不怪你。她木木地，摇晃着头，一个劲儿地拍打他的后背。

许久，她将儿子、儿媳领进堂屋。三间通屋里，东面窗边是断腿的木桌和床铺，北面后墙是两扇木橱，西屋堆放一些农具和粮囤。借着微弱的光线，我清晰看见正前方黑色条几上，挂着男主人父亲的遗像。伫立遗像面前，男主人拉着女主人的手，两行热泪挂在脸上，久久说不出话来。父亲去世后，撂下年已奔七的母亲，在将近一年的时间里，男主人很少回家，遇到过年过节的，往往是寄封信、邮点钱。作为母亲，生性善良内向，从没有去过省城，生怕给男主人添麻烦。可是，前不久，老人家却托人给他写了那样一封信，就连我这个当宠物的，也不免产生莫名其妙的感觉。

娘，您没啥事吧？！男主人打量着身体瘦弱的母亲，似乎有种难言的预感，不安地问。

母亲脸上的皱纹收得紧一阵松一阵，嘴唇不停地翕动，吞吞吐吐地说：俺没……啥事，就是……想你们了。

有啥事您可别一个人硬撑。

放心吧，俺能挺……得住。

那就……好，省得一惊一乍的，害得俺们提心吊胆。女主人始终对婆婆的那封信耿耿于怀，愣愣地坐在板凳上，冷不丁甩了一句。

老人捂着肚子，苦涩一笑：都是隔壁你二大爷，看我一个可怜，便让他那上小学的孙子帮俺写了那封信。其实……俺就是想你们……没啥别的意思。

你用不着解释……就是存心治俺俩难看！女主人愤愤地说完，旋即领着我离开堂屋，走到空阔的院子里。

当夕阳耗尽它最后一点力气，款款在西边

屋顶降落的时候，我的肠胃蠕动得厉害，灵敏的鼻孔突然嗅到一股久违的饭香。我无意再跟着女主人在院里溜达，撒欢似的跑进屋里，眼巴巴地瞅着老人掀着锅盖，往竹篮里拾白面馒头。可怜我伸着红红的舌头，老人掰块馒头递到我的嘴里，我刚刚嚼了两口，被女主人厉声喝住：安——瑞，不能吃！吐……出来！

我吓得赶紧躲到老人身后猫起来，女主人疾步上前一把将我捉住，使劲掰开我的嘴巴，转身责怪老人：它不能吃这个！你看你，想把它噎死不成！

灰暗的日光灯下，老人望着儿媳满脸的阴云，露出惊讶的目光，俨然做了错事的孩子，惴惴不安地说：俺……不知道。说完，颤颤巍巍地朝床头北面的橱柜走去。她拉开抽屉，抱出一个黑色陶罐，从中夹出两块暗红色的东西，放到瓷碗里，接着递给女主人。

女主人愁眉苦脸地看了一眼，用鼻子闻了闻，疑惑地问：这又是啥东西？拿它干啥？！

不是啥好东西，是俺亲手腌制的腊肉。老人指着瓷碗，咬咬发干的嘴唇，轻轻地说：这东西腌了两三个月了，俺一直没舍得吃，听说狗喜欢吃肉，就让它将就着吃吧！

女主人朝男主人哝哝嘴，男主人会意地赶紧靠过来，仔细审视一会儿碗中的腊肉，猛然抬起头，感叹道：俺的娘唉，这可是咱农村上好的看家菜，您也真舍得。

老人嘴角绽出一丝苦笑，故作镇静，指着我说：咋不舍得？听人家说，这小狗很娇贵，比人还难养。

听老人一番话，我突然觉得心里很不是滋味。在我的记忆中，男主人跟女主人在家聊天时，不只一次诉说家史，谈起农村生活的艰辛。父母是典型的农民，拼命下地干活，一天也挣不了多少工分。直到实行了联产承包，家里生活条件才有所改善，而要想改善伙食、能吃顿肉，那简直是种奢望。于是，母亲趁过年时总要留下些熟肉，往上面撒些盐，时间一长就成了所谓的腊肉。当年，尽管没有白面馒头，但能吃着地瓜窝头就点腊肉，就算烧高香了。想到这里，我嘴里不禁流出了长长的涎水，不由自主地跑到瓷碗前，张口叼住一块腊肉，美滋滋地吃了起来。

男主人盯着我吃腊肉的样子，也许产生了某种共鸣，顺手掰块馒头抛到我面前。女主人蹲在我对面，刚又想发火，却被男主人挥手叫停：这你就不懂了，腊肉本身是咸的，必须就馒头吃，不然，会把安瑞渴死的。女主人不再说什么，转身坐到板凳上，用一种异样的目光斜睨着老人。

正在我尽情享用腊肉的功夫，老人将三个咸鸡蛋、两碗白菜、一盘闷茄和一篮馒头端到堂屋中间的方桌上，顿时，整个屋里弥漫起浓浓的饭香。

吃完晚饭的时候，已经是夜里八点多。原本，老人希望儿子、儿媳能留下过夜，一家三口再唠唠家常，趁我家男女主人吃饭的功夫，早早收拾好了床铺。这些，在一旁玩耍的我，都仔细看在眼里，也有了在这里歇脚的心理准备。可是，当男主人站起身来，与母亲告别的时候，却又把老人闪了一下。老人十分纳闷，浑浊的双眸透出疑惑的神色：咋回事，你们……不在家住？黑灯瞎火的，这时候……上哪去？

男主人神情凝重，与女主人对视了许久，嗫嚅着说：您就甭操心了，俺们……到县城还要办点事。

那就……随你们便吧，俺也不能硬留。老人两腮颤动，话好像从鼻孔里挤出来一样，显出十二分的无奈与苍凉。

返回县城的路程，本来只有半个多小时，可我觉得却那么悠远漫长。自打从街道中间上车的那一刻起，我心里就咯咯噔噔的，浑身如长满了虱子。常言道：母子情深。可对于我家男主人来说，对母亲的情感却如此……如此的吝啬，不能不令我感到悲哀。我郁闷得趴在后排座位上，女主人几次转身唤我，我都无动于衷，懒得答理。到县城宾馆的时候，女主人慌忙下车拉开后门，我依然佯装没有发觉，于是，她硬硬把我抱出来，摸着我的头说：安瑞，你不会生病了吧？

我用力使劲挣脱，纵身跳出车门，远远躲在台阶旁，拧着脖子，心里不服气地说：你才有病呢！

被寄送亲戚

不知哪位挨千刀的抛出这样的奇谈怪论：女人怀孕，养狗不宜。作为一个家庭宠物，我偏偏碰到这样的“不宜事”。为了未来的小生命，也为了我的生计，女主人再三思量，找到了同居省城的亲戚——二表姐。

二表姐是我家女主人舅舅家的二姑娘，和女主人同时幸运地从乡下考入省城的大学。她原本在某艺术院校攻读美术专业，人长得妩媚俊俏，善于沟通交流，上大三的时候，院里组织美术展览，她凭着一幅山水写意获奖，结果被前来参观的某房地产老板看中。老板念她出身农村，又有姣好的气质，有意与她套近乎，经常约她参加一些活动，使她大开眼界，很快适应了周边的环境，不到三个月，她就日渐大胆开放，竟然不惜出卖自己的青春，被老板包养，过上养尊处优的生活。大四下半学期，她怀上了孩子，挺着肚子参加论文答辩，差点没有通过，刚拿到毕业证书，就匆匆忙忙完婚，不久生了儿子，成为名副其实的阔太太。

二表姐家住在城市中间的一座山坡上。从主人家开车往北行驶五百米，沿东西主干道西行两公里，便来到一处松树掩映的别墅区。迎着雨后的一抹彩虹，进了拱形大门，穿行在驶往山坡的沥青路上，隐约传来阵阵的松涛声。车子在路西一座单体二层别墅门口熄了火，女主人抱着我，慢慢叩响门铃，旋即听见嗡嗡作响、欲吼又止的狗叫声。一刻钟后，紧锁的防盗门开启一道小缝，露出半头乌黑的发丝，接着，马上敞开大门，将女主人和我迎了进去。

妹子，你咋这时候来了？在一楼宽阔敞亮的大厅，二表姐陷在紫红色真皮沙发里，头发蓬松杂乱，显得有些疲惫。

妹子想你了呗！女主人靠在表姐身边，殷勤十足地说着，突然又掐断了话巴。在二表姐扭头转身的瞬间，女主人发现她的脖颈处有道鲜红的血印，赶紧把我放到一边，焦急不安地问：表姐，你没啥事吧？

没啥大不了的，家常便饭了，就是跟你姐夫……打了一仗。二表姐白净的面庞掠过一朵乌云，有气无力地说。

姐夫……他人呢？

早成缩头乌龟……跑了！

那……俺外甥呢？

不是在外国语住校吗？！

儿子又不在家，你俩光这样也不是办法。

谁说不是，放着好好的日子不过，偏要在外边吃腥鬼混。

对于表姐夫的为人处世，女主人多有耳闻，在家的时候，我经常听女主人和男主人议论，并警告男主人：你没表姐夫那样的条件，不要整天想三念四，在外面看见美女就拔不动腿！对此，男主人总是嘿嘿一笑。我呢，作为一只宠物，觉得家里如果遇到这样的事，我也终究没啥好日子过。

听着姐妹俩的对话，我心里像堵了一团乱麻，任怎么理也弄不出个头绪。我痛感她俩无视我的存在，趁两人相视无语的当口，耳朵竖起，灵机一动，抽身跑出了屋子。刚来到门口台阶，我吓得猫弯了腰，鼻孔一张一缩的，大气不敢喘。正对面，一只黑棕色的庞然大物，赫然站立在院子一角。在我的记忆中，它属于典型的藏獒，头部方方的，长着满脸的毛发，宽宽的额面上，缀一对黑黄黑黄的眼睛，闪出灼人的神色，耳朵支棱着，像名警惕性极强的战士。它躯干一米半长，肩高将近三尺，身披丰满光亮的棕毛，健壮的四支柱子般撑在砖地上，尖利的爪子死死地抠地，弓着腰摆出一副挣脱好斗的架势。作为一种烈性犬，它性格刚毅，力大凶猛，护领地，善攻击，极适宜于看家护院，对主人亲热至极，而对陌生人则有着强烈敌意。

它脖子里套着铁链，一个劲儿地朝前冲，或许是第一次见到我这个外来户，张着大嘴呜呜叫了两声。我夹起尾巴，赶紧缩回屋里。二表姐仿佛意识到什么，立马从沙发上离开，一阵风似地抄起一根木棍，对着那藏獒就是一顿训斥：小——胖！住口。再这样没礼貌，看我怎么收拾你！

小胖似乎听懂了什么，立刻恭敬驯服地趴卧地上，黑眼珠急促地眨巴几下。女主人警惕十足地站在门口，指着小胖安慰我说：安瑞，不用害怕，它不敢欺负你！

眼看小胖受到二表姐的训诫，经不住我家女主人的指使，争强好胜的我壮着胆子凑到小胖跟前，不由自主地跟它玩耍起来。开始，小胖嘴里嘟嘟囔囔，如同生气一般，对我待答不理，我用前脚抓挠它的胡须，它只是呲着利牙，无奈地朝我瞪瞪眼睛，扭头装憨。后来，我慢慢学乖了，吃完喷香的狗粮，就用嘴巴拱它的腋窝，它忍受不了我的再三撩拨，顺势翻过身体，与我嬉闹起来，偶尔还趁机舔几粒狗粮。其实，小胖是个肉食主义者，顿顿饭要吃很多的牛肉，这时候竟忍不住干起偷食的勾当，于是，我愈加瞧不起它，索性骑到它的头部，舔起了它的眼睫毛。

眼睁睁望着我和小胖尽情嬉闹，我家女主人舒心地喘口气，拉着表姐的手又回到屋里。而我，则在别墅的院子里，在与小胖打闹的同时，开始了一番推心置腹的对话交流。

话题由小胖的出身开始。小胖的祖先原产于青藏高原，又称藏狗、蕃狗、大倪，距今已有八百万至一千三百万年的历史，是国家二类保护动物，原始的藏獒生活在海拔三千米以上的高寒地区以及中亚平原一带，多年的草原特殊生活环境，造成与当地牧羊犬的血统融合，使纯种的藏獒越来越少。它体格高大、性格刚毅，力大勇猛，记忆惊人，是唯一不怕猛兽的犬种，被誉为犬中之王。为此，许多人家为能拥有一只纯种藏獒而自豪。而小胖，就是表姐夫专门托人花三万块钱，从遥远的西藏河曲地区购买、由飞机运到此地的。

相对于小胖来说，我不禁有点自惭形秽。当初，我家主人从宠物市场，仅仅花了三千多元，就从老东家的铁笼里把我买走。虽然，我不像小胖那样高贵、值钱，但我毕竟是宠物中的思想者，有着超乎寻常的记忆和理解能力，于是，硬着头皮跟它理论起来。

我故意问：既然你身份这么高贵，为什么主人舍得用铁链子把你拴起来？

小胖用前脚挠挠头上的棕毛，难为情地说：我本来性子烈，刚来主人家的时候，不到六个月，主人看我胖乎乎的，模样憨厚可爱，经常逗着我玩。有一次，男主人拿一块刚出锅的熟肉喂我，我被烫得全身发抖，一怒之下咬了主人的手，结果害得主人又是包扎又是打狂犬疫苗，整整折腾了半个月。

那也不至于下狠心用铁链拴你？我还是不明白，有种打破砂锅纹（问）到底的执拗劲儿。

小胖抖动着颈部的棕毛，若有所思地说：这得说起一年前，有一天，男主人夜里从外面喝酒回来，被朋友送回家。铁门刚被打开，就传来浓烈的酒味，我骤然竖起耳朵，从门后纵身一跳将那朋友撮到地上，张口咬了他的右腿。顿时，那人倒在地上，拼命地大声喊叫。幸亏女主人及时恫吓制止，我才松口跑到一边。结果，那人连夜被送进医院，缝了八针。为此，男主人与女主人狠狠干了一仗，嚷嚷着要将我送人，女主人坚决不答应，于是妥协的结果就是给我套上了铁链。

戴上铁链固定一个地方，就失去了自由，活着又有啥意义？我有些得意洋洋，带着讽刺的口吻说：你看我，虽然没你那么值钱高贵，但可以经常跟着主人四处玩耍，逗主人乐。

呸！还好意思说呢，都像你这样中看不中用？！小胖使出自己的真性情，陡然来了精神：尽管我戴着铁链，但却可以凭着我的忠诚和能力，给主人看家护院，让主人有个安全清净可图。可你呢，只会跑跑腿、动动嘴，耍些雕虫小技。

你真是死脑筋！现如今，为啥养宠物的人越来越多？说到底，人们的物质生活好了，就想填补精神生活的空虚。我瞪着幽黑的眼睛，摆出一副传道者的神态。

精神生活是啥东西，看不见摸不着的，能当肉吃、饭吃？！小胖伸着宽阔的鼻子，朝四处闻了闻，张开了它那独有的血盆大口。

你就知道吃？！小胖的话对我简直是种侮辱，我实在难以忍受，吊着高高的嗓门，大声说：像你这样子，和人们常说的行尸走肉有啥区别？！

本来嘛，你天生就是个动物，还能让人把你当人？！小胖差点被激怒，戴着铁链原地转了两圈，昂着头说。

动物也是有脑子的，也通人性！我说。

那好！你通你的人性，我有我的狗性。小胖说。

狗性性恶，恶狗咬人。我说。

你才是恶狗！小胖张口说着，露出它那锯齿一般的利牙。

我突然觉得自己言多有失，赶紧闭上嘴，在院子门口兜个圈子，没精打采地往屋里走，耳根处隐约听见小胖嘟囔：我就奇了怪了，你这家伙到底是狗还是人?

回到门厅时，女主人并没立刻发现我的存在，依然跟二表姐有说有笑。我乖乖地蹲在沙发旁边，像个人似的，支着耳朵听她们姐俩啦家常。二表姐看我聪明伶俐，十分可爱，伸手摸摸我的脖子，疑惑不解地问女主人：妹子，你听谁说想要孩子的人家不适合养狗?

女主人特意掀起自己的外衣，露出凸起的腹部摸了摸，显得无可奈何：上星期去医院检查，医生专门叮嘱我，身怀有孕的妇女，不适宜养什么宠物，否则对宝宝健康不利。

那……二表姐话说了半截，似乎有些为难，接着又问：难道你真放心把安瑞放在我这儿？

女主人仿佛看出表姐的心思，但一时又没别的办法，硬着头皮，干脆说道：我们家安瑞好乖，是个活宝，说实在的，但凡有一点办法，我也不会把安瑞寄存别处。这不，谁让你是俺表姐呢。

二表姐咬咬牙，拍着隆起的胸脯：咱不说这些了，妹子，为了能给俺生个好外甥，姐就帮你带一段儿安瑞。

姐妹俩达成了共识，可却苦了我安瑞。你想：作为一个宠物，经过将近一年的训练，好不容易熟悉自己的生存环境，与主人的关系磨合得刚好，说话间就要过寄人篱下的日子，你心里能是个滋味吗？不过，转念一琢磨：我就是任人摆布的所谓宠物，连小命都掌握在主人手里，心里不是滋味又有啥办法？何况，女主人养孩子是一辈子的事，如果因为我安瑞万一有个三长两短，咱也担待不起啊！

事已至此，只好认命。但女主人跟表姐告别的时候，还是扯着我的尾巴，恋恋不舍。而我，则眼睁睁望着女主人，眼眶里不知不觉溢出两行惜别的热泪……

摊上“大事”

也许您会觉得我故弄玄虚，十分可笑：你一个小小的宠物，能遇上什么大事？而我却不得不告诉您：安瑞我确实摊上了“大事”。

这“事”，还得从我被寄存的二表姐家说起。

跟着女主人踏进二表姐那幢别墅时，在一楼大厅沙发对面的西墙上，我就清楚地看见挂着一串巨大的佛珠。那佛珠呈紫红色，足足有六十多颗，每颗如鸽子蛋般大小，挂在墙壁上像一副硕大的项链。听二表姐给女主人介绍，佛珠是表姐夫专门从五台山请来的，按照风水大师的话说，有了它，可以镇宅避邪，确保财源通达三江、家人平平安安。

且不说这佛珠到底有没有所谓“法力”，但它确实没有在表姐夫落难之前给予适时的预警，在落难的时候显出应有的“灵性”。

佛讲究心静如水、四大皆空，特别是面对多彩的花花世界，格外信奉空即是色、色即是空。但是，作为拥有复杂社会关系的凡人，能否把握色空之变、保持心若止水的神态，的确是一个难以破解的问题。尽管经过多年的商界打拼，表姐夫业已成为地产名流，有了信佛向善的念头，但在眼花缭乱的经济往来、人情世故中，还是乱了心境、失了方寸，跌了大大的跟头。

记得三个月前的一天晚上，二表姐突然接到一个陌生电话，电话是派出所民警打来的，说表姐夫犯了事暂时被拘留。放下电话，表姐霎时六神无主，跟木头人似的，呆滞地望着吊顶的天花板，好久没有说出话来，直到我摇着尾巴拉她的裤腿，她才缓过精神，长长地喘口气。接着，她急匆匆地穿上外套，简单收拾了些东西，顾不得小胖和我的再三嚷嚷，顶着满天的星斗推门出去。

二表姐去了什么地方、在外面做了什么，我无从知道，我只知道她回家的时候，已是深夜两点。她刚推门进入院子，小胖就机灵地站起来，见是自家的女主人，挣着铁链呜呜叫了两声，便慢慢地趴在地上。她徐徐走进门厅，摸索着打开悬空的吊灯，我慌忙从沙发旁站起身，夹着尾巴偎到她脚下。她没精打采地扔下挎包，和衣斜躺在沙发上，不一会儿，就迷糊糊地闭上眼睛、轻轻打起了呼噜。

第二天一大早，我照例醒得很早。本来，我的早饭是和小胖同时吃的，但是，当我早早起身，像往常一样跑到院里觅食的时候，顷刻间我惊呆了：我的饭碗在哪里？围着院墙转了一圈又在门口驻足，凭借再灵敏的嗅觉，我也没有闻到丝毫狗食的味道。伴随阵阵富有规律的饥肠辘辘，趁着屋内灰暗的光线，我习惯地跑到二表姐的卧室，看到床铺平整、二表姐不在，心里陡然慌张起来，退回门厅时，却意外发现二表姐缩成一团、蜷在沙发里。

我前脚抓住沙发扶手，用尖细的鼻子在二表姐身上嗅了一通，二表姐被我戳醒了，睁开惺忪的双眼，望着西墙上的闹钟，“啊呀”两声坐立起来。她仿佛意识到自己的失误，拍着自己的脑袋连连自责：看看我这个记性，满脑子净是那死鬼，竟然忘了你和小胖这两张嘴了！

我会意地伸伸舌头，无意中低声“唧唧”几下，温顺地蹲在茶几一边。二表姐仿佛仍然缠绕于昨日的噩梦之中，心情极度沮丧，顾不得适时给我和小胖喂食，却在下意识的驱使下，自言自语地道出了自己的辛酸与痛苦。

二表姐原本是幸福的，凭着自己的气质和容貌，赢得了表姐夫的好感，抓住了一名成功男人的心。可是，历史总有一种惊人的相似之处，每个成功者背后都有一个强大的贤内助，同时，有相当一部分成功者逃不脱女人的媚眼煽情，而表姐夫也不例外，未能摆脱这样的“概率”。无疑，经过多年的奋力打拼，表姐夫的房地产经营有了长足发展，但是，不知不觉中，他过于高傲自信，守成有余，创新不足，开始追求享受安逸，产生了投机取巧的念头。这时，聪明的女会计看出了老板的心思，向老板抛出了橄榄枝，卖弄女人独有的风骚术，俘虏了老板的灵魂，成了“小三”。虽说常言道：采阴可以补阳，可以激发灵感。但自从有了“小三”，表姐夫沉迷女色，致使房地产项目收益大幅下滑。于是，两人合伙干起了偷税漏税的勾当，直到税务部门发现之前，两人一直陶醉在侥幸的成功之中。

我该怎么办呢？二表姐拍着脑袋，自言自语。

望着表姐无助的神情，我作为一个宠物，也是焦急万分，眼睛滴溜溜直转。抬眼望去，对面墙壁那串佛珠勾起了我的注意，我上前抓住表姐的裤腿，一个劲儿地往墙边拉。

表姐若有所悟地站起身，对着那串佛珠开始念叨：大慈大悲的观世音菩萨，救救我们家当家的吧。孩子他爸可是个守法之人，干房地产多年没做过缺德的事。都是那个挨千刀的"小妖精"害了他，不然，他咋能干偷税投机的勾当！

是啊，二表姐夫可是个场面人，怎么能下作到偷税的地步？我真的有些纳闷。三个月前，我家女主人送我到二表姐家的时候，表姐夫正在为开发一处地块，忙着出差在外，当他深夜从外面回到家时，就着门厅里耀眼的光线，我一时有些惊呆：他身高一米七八，留着油光光的二八分头，脸上堆着一块块横肉，脖颈处挂着黄灿灿的金项链，上着米黄色夹克衫，下穿宽松的咖啡裤，走起路来那双硕大的棕色皮鞋，乍看起来像两只小船。刚见到我时，他有些发愣，听完表姐的解释，立即扔掉手中的皮包，顾不得出差的劳累，索性跟我玩耍起来。

表姐夫作为不大不小的房地产老板，不可能干偷税漏税的龌龊事？对这件事，我越想越弄不明白，希望从表姐的脸上读出些什么。

果真像常人说的那样：人本来就是种怪物，往往遇到弄不明白的事，就容易有病乱投医。此时，表姐就像一只无头的苍蝇，游荡在门厅里嗡嗡乱叫，执着地寻找着属于自己的那片光明。忙乱之中，她抓挠着自己散乱的头发，忽然顿了一下，似乎想起了什么，如同发现了一根救命稻草，抓起沙发旁边的电话。至于电话那边到底说了什么，我不得而知，只听见她近乎央求地说：岳大师，看在以往你俩关系的份上，您就行行善心，施展自己的法力，救救他……救救他吧！

或许表姐的诚心打动了上苍，或许岳大师真的善行大发，不到一个小时，门铃就清脆地响了起来。表姐喜出望外，穿着一只拖鞋疾步跑到屋外，打开院门，恭迎大师的到来。

曾经听表姐夫和表姐议论，其实，岳大师原本不是什么大师，是房地产界的一位朋友，之前生意红红火火，后来去了趟五台山，听老主持讲经骤然顿悟，干脆把生意托付给弟弟，自己潜心念佛，当然，偶尔也看看风水，帮人消灾，不到两年时间在当地就有不小的名气。

踏着闲庭脚步，岳大师驾临表姐家，刚跨进门厅，全然不顾身为大师的斯文，一屁股陷进沙发里。他捋捋两绺浓密的胡须，眨巴着鼠一样的眼睛，捏着胸前一串黑色的佛珠，色迷迷地打量了表姐几眼，阴阳怪气地说：你不打电话兴许我也猜得出，你家先生犯法被拘。说来说去，这事谁也挡不住，他命里注定就有这一劫。

表姐突然一愣，哪顾得及岳大师故意卖关子，早已心急如焚：那该咋办？岳大师，您先知先觉，求您想个法子救救我家先生！

弟妹先不用着急，让我想想。岳大师仰面对着天花板的吊灯，嘴里不住地念叨什么，不一会儿，转身对表姐神秘地说：有了，还是老百姓那句话：有钱能使鬼推磨。

钱？现在不是钱的事，要紧的是救人！表姐皱紧了眉头，目光紧盯着岳大师。

嗨！弟妹是个聪明人，没钱怎么救人？岳大师挺挺身子，胡子凑到表姐面前，眼睛瞄着表姐胸部，索性来个仙人指路。

表姐突然悟出些什么，扯扯凌乱的衣服，无可奈何地说：您看，我这样一个妇道人家，拿着钱又能去找谁？

岳大师毕竟是大师，眼见表姐已经动心，依然捋着胡子，故意绕弯子：眼下，碰到这种事，找个既合适又放心的人确实不容易。不过……

不过啥？！表姐急突突地问。

我有个朋友在市公安局，不知道他能不能通融一下？岳大师拍拍宽阔的脑门，若有所思地：我先打听一下，如果方便，弟妹你去直接找他。

我冒昧地直接去找人家，不……合适吧？

表姐犹豫不决，担心吃闭门羹：还是麻烦大师……？

岳大师狡黠一笑，故作镇静地说：那好！既然弟妹相信，我就卖一下这个老脸。

见岳大师爽快答应，表姐心里似乎有了些着落，穿着拖鞋赶紧上楼，不一会儿，递给大师一个紫红色存折：这里有十万，您先用着。

好吧，先探探路再说。岳大师把存折装进上衣兜里，脸上的横肉阵阵抖动，二话没说，起身握手与表姐告别。

在两人握手告别的一刹那，清清楚楚地，我看见岳大师神情有些惊悚，戴着金戒指的右手搂住了表姐纤细的腰身，把嘴唇凑近表姐的脖子。表姐不动声色，猛地抬起头来，急于转身解脱，抽出自己的右手。见此情景，我好像激发了潜在的护主意识，围着岳大师转了三圈，忍不住吼叫起来。或许是动物间的信息感应，在院里一直鼾睡的小胖也提高了警惕，挣得铁链哗哗作响，不时传来呜呜的叫声。

岳大师似乎意识到自己行为的唐突，摇着头，淡定地对表姐苦笑几下，旋即转身离开了表姐家。

站在院子门口，看着岳大师渐去的背影，表姐抬着右手，拍了拍胸脯，长长喘了口粗气。

大师此去，最终带来的是什么呢？连我这个小小的宠物，也不禁打了个莫名的问号。

“离家”出走

乍见这样的话题，您也许会不可思议：作为备受宠爱的小动物，还要“离家”出走，简直是吃饱了撑的。可是，您的这番话如今搁到我身上，让我多少感到有些冤枉。

真不怕您笑话，我的“离家”出走，的确跟“吃”有关系，但绝不是“撑”的。自从表姐夫被拘以后，表姐跟换个人一样，整天魂不守舍的，原本一个穿戴讲究、气质高雅的贵妇人，一夜之间变得邋邋遢遢，粉不涂、妆不化，时常素颜披发。拜托岳大师之后，也总是忐忑不安，顾不得买菜做饭，耐着性子在家等待消息。就这样，小胖和我的生计出了问题，经常有了上顿没下顿，饥肠辘辘的。随后一段时日，我的脑子里开始出现幻觉，经常想起我家的女主人，如果在“我家”（女主人家），说啥也不会沦落到这等地步，可眼下，表姐遇到这么大的事，她又能咋样呢。不能，我不能再连累她，为了自己的生计给她添乱。想到这里，突然间，我萌发了“回家”的念头。

可是，我的“家”在哪里呢？

于是，凭着凌乱的记忆，我开始思忖“回家”的路。一天傍晚，趁女主人表姐出门倒垃圾的工夫，我缩着身子挤出院门，撒腿一溜小跑朝北而去，任她疯也似地追我，也始终没有停下细碎的脚步。

东西城市主干道上，路灯不阴不阳地投下昏暗的光，地面上，阵阵微风吹过，翻卷起一片片的落叶。我瑟缩着身子，猫在一棵树下，眼瞅着一辆辆"长眼"的汽车，嗖嗖地往东驶去。我缓缓地抬起左腿，容不得多想，沿着狭窄的人行道迈开了脚步。跑了不知多久，意外发现路边撒满了白菜帮子，我慢慢停下脚步，抬头望去，整个天空像蒙了层黑布，没有一颗星星。我被一个硕大广告牌吸引，顺着广告简头指引的方向往南前行五十米，闻到一股浓浓的肉香，躲在低矮的绿化带里仔细一看，原来这是一处烧烤摊，三五成群的人们正围在一张张桌子旁一边吃肉串、一边喝啤酒。望着他们贪婪的吃态，我干瘪的肚子咕噜作响，恨不得凑上去吃上几口，但始终没敢露头，生怕被他们逮个正着。思来想去，我还是强忍着难熬的饥饿，伴着一阵凉似一阵的晚风，直等烧烤摊曲终人散，才怯生生地就着路灯，在垃圾篓里寻觅充饥的食物。

填饱了肚子，已经是下半夜，不知不觉地，天空传来阵阵闷雷。我顺路往南游荡，隐隐约约发现胡同口支着一个摊子，再往里走，发现摊点越来越多，俨然卖菜的去处。正待我左顾右盼，头上被雨滴打了几下，匆忙之中，我钻进摊点下面，顶着塑料布躲了起来……

黑夜总算在焦灼不安中过去，第二天一大早，站摊卖菜的农村阿姨发现了我，看我实在可怜，专门在邻摊给买了豆浆、油条，眼看我吃饱喝足，就把我放进她的菜筐里。整整一上午，阿姨一边卖菜，一边打量前来买菜的人们，好像有意在帮着寻找我的主人。

又一天过去了。突然，在摆摊上菜的时候，阿姨在旁边的电线杆上发现一张寻狗启示，启示上写着：×月×日，爱犬安瑞不慎从表姐家跑出，已经两天没有回家，如果哪位好心人发现，烦请打电话给张女士，必当重谢。电话：1890×××××××。启示上面，清清楚楚地还印有一张照片。对着照片，阿姨又再三看我几遍，试探地唤起我的名字：安——瑞！我感应似的，尾巴翘得高高的，围着阿姨转了三圈，眼睛里露出期待的目光。阿姨抚摸着我的头，如释负重地说：安瑞？这样好听的名字，这下，可找着你的主人了。

阿姨从兜里掏出小小的手机，拨通了启示上的电话。不到半小时光景，我家女主人就腆着肚子来到阿姨卖菜的摊点，一见到我，就两眼泪汪汪地，一把将我抱到怀里，嘴里不住地喊我的名字，而我，也激动得像孩子似的，用前脚抓挠着女主人的胳膊。许久，女主人掏出一个牛皮信封，递给卖菜的阿姨，一个劲儿地致谢：真是太感谢您了，要不是您收留了安瑞，我到现在也不知到哪里去找。这是俺的一点心意，请您收下。

阿姨也许没有遇到过这种场面，也许从未听到有人对她这个卖菜的用"您"来称呼，一时间反倒不好意思起来：俺也没做啥，只是觉得这小东西怪可怜的，就暂时顺手收留了它。

女主人好像没有听懂阿姨的意思，依旧举着信封，颇为认真地对阿姨说：我曾经承诺过，不管是谁发现了安瑞，都必当重谢。这里面有五千元钱，您不会嫌少吧？

啥嫌少？你说的真奇怪！阿姨像是受到侮辱，显得不耐烦，急呼呼地说：这……根本不是啥钱的事！

跟钱没关系，那又是啥事？！女主人好奇地问。

阿姨一边收拾着摊点上的东西，一边郑重其事地对女主人说：俺是说，宠物终究是有灵性的动物，养了它就得善待它，不能把它当作普通的动物。不然的话，再懂事的动物也会背叛自家主人。

女主人自知理亏，连连点头说：还是您说的在理，都怨我太粗心大意了。

是啊，动物总是有灵性的，何况像我这样的高级动物。别看卖菜的阿姨文化水平不高，但却懂得爱、有善心，自从发现我的那一刻起，就一边忙着卖菜的生意，一边帮我寻找主人。也正是从她的身上，使我体味到作为普通农村妇女的特有品格。可转念一想，难道我的女主人就不懂得爱、没有善心？肯定不是这样！但有一点倒是真的，当爱心、善心与切身利益产生矛盾的时候，兴许前者也就显得苍白无力了。

离开农贸市场时，已是中午时分。差不多两个月的时间，已基本适应表姐家的生活环境，谁承想表姐夫一出事，二表姐简直像霜打的树叶，好长一段时间在人前失去了尊严。女主人抱着我，像个孩童抱着自己心爱的玩具。她全然不顾我流浪菜市沾满的尘秽，急冲冲返回自己的家，刚进家门，就兴高采烈地大声喊：老公，你看谁回来了？！

男主人顾不得穿拖鞋，从里屋光着脚丫跑到门厅，围着我转了三圈，再三仔细端详，看着我浑身弄得像无主的孩子，感慨万分地说：这哪是什么宠物狗，看这等寒酸的可怜样，简直像个漂泊街头的流浪狗。

是啊！自从那天傍晚你从表姐家跑出来，我们就没有安生过，总是担心你被人抱走，或者出了意外。女主人一手捂着隆起的腹部，一手捏弄着我毛茸茸的耳朵，十分心疼地说：安瑞，都是我不好，当初不该不顾及你的感受，就硬硬地把你送到表姐家。开始，原本想着表姐家条件不错，不会让你受苦，哪承想表姐夫出了事，结果让你受了这么大的委屈。

女主人一番倾情诉说，触动了我脆弱的敏感神经，我摇晃着细长的尾巴，以宠物特有的亲昵方式，贴近她的脚跟舔个不停，同时使出浑身的力气，朝她的肩膀处连跳三下。

女主人现出母性的温柔与亲情，使劲儿挺着腰，艰难地把我揽进怀里，眼眶闪耀着泪花，动情地说：可怜的宝贝，饿坏了吧？我再也不让你受苦了！

似乎有种潜在的感应，我欢快地伸出舌头，“唧唧”低吟几声。接着，瞪大圆圆的眼睛，熟练地朝自己温馨的小窝，一溜烟儿奔跑而去。

患病住院

有谁能想到：我来到主人家后的第一次生病住院，竟然与主人家的小宝宝有关。入住宠物医院打吊瓶时，我深感作为一名宠物的悲哀。谁让你冥冥之中托生一只狗呢？人与动物本来应和谐相处，但却因为粗心大意，缘于善意的一杯牛奶，无意之中伤害了作为动物的我。

记得女主人添宝宝那天，是个星期五的傍晚。预产期十天前，男主人就催着女主人给单位请假，安心在家待产。一段时间以来，女主人本可以在家养尊处优，过着衣来伸手、饭来张口的日子，但为了照顾我，却不得不屈尊身架，挺着大肚子，一日三餐定时为我添加狗粮，偶尔还陪我下楼大小便、放松心情。可是，如此悠闲舒适的生活毕竟太短，眼看小宝宝就要瓜熟蒂落，又不得不让我格外小心。但是，再细心也难免百密一疏，不早不晚，偏偏趁男主人出差未归的时候，女主人肚子突然疼了起来。

秋天的傍晚天黑得特别快，吃过晚饭，女主人习惯地照例坐着电梯带我下楼，谁知刚迈出单元大门，不小心被甬道边的路崖磕绊一脚。她胳膊一甩，身体前后趔趄几下，一屁股蹲在地面，紧接着，“哎呀”一声侧身倒地。见此情景，我顿时被惊呆了，凭着作为宠物的心智，陡然意识到事态的严重，于是，一边大声呼叫，一边用嘴巴咬着她的衣袖。

说来也巧，正当我焦急万分、一筹莫展的时候，两个吉娃娃空降般颠颠地跑过来。它们围着我家女主人转了一圈，又用尖尖的鼻子闻了几下，撒腿便往西跑去，不一会儿，带着它家女主人疾步而来。她扔掉手中的垃圾袋，趁着昏暗的路灯光线，扯着我家女主人胳膊耳语一阵，随即掏出手机，拨通了120，同时给远在外地的我家男主人打了电话。急救车一到，她又二话没说，随车跟去了医院。

望着渐渐远去的急救车，我鼻子阵阵酸楚，女主人生孩子这等大事，作为宠物我帮不上手，可留下我自己，又该如何是好？正当我来回转圈、痛苦忧虑的时候，吉娃娃家男主人暂时收留了我。

第二天中午，我家男主人哼着小曲把我接回家，我才知道我家女主人母子平安，剖腹产下一个大胖小子。我高兴极了，急于尽早见到小主人，在家里，男主人走一步我跟着一步，走到哪里我跟到哪里，生怕他偷偷去医院而把我丢在家里。男主人好像看出了我的心思，给女主人送饭时，干脆带我去了趟医院。没成想，来到病房没多久，刚看了女主人和小主人几眼，就被医院女护士盯上，她甩着小辫，严厉地对男主人说：这里可是医院，你不能带宠物进来！

男主人脸憋得通红，登时一愣：对不起，它很乖的，来这里看一眼就走。

女主人揽着怀里的婴儿，面对女护士一脸的怒容，替丈夫开脱，微笑着说：我家安瑞最懂事了，它可是我们家的宝贝！

那也不行！女护士不依不饶：这可不是你家，医院有医院的规矩！

望着女护士冰冷的神态，我既扫兴又害怕，眼里泪汪汪的，猫腰躲在男主人身后。女主人见我可怜的样子，陡生恻隐之心，有气无力地说：回家吧安瑞，用不了几天咱们在家里一起玩。

恋恋不舍地告别了女主人和小主人，我跟着男主人回到家。男主人依然陶醉于当爹的愉悦之中，进了家门，高兴得立刻抱住我，吻着我的额头说：安瑞，这下好了，咱们家又添宝贝，你有小主人了！

我享受着男主人的百般爱抚，伸出鲜红的

舌尖，尽情舔着男主人的脸庞，心里却像打翻了五味瓶。在医院里看到幼小稚嫩的小主人时，我无时无刻不在艳羡他的如期而至。女主人十月怀胎、一朝分娩，不……是一朝剖腹，在鬼门关里走了一回，为的就是他这条活泼可爱的小生命。这就是作为母亲的伟大。而我，作为人类的宠物，出生不久就被无情地送给狗贩子，远离了自己的母亲。至于自己的父亲是谁，更是无从知道、无从追根。而这，又不能不说是作为动物的悲哀。可是，世间生灵众多、各有血统，面对与生俱来的天壤之别，你又能怎么办呢？只能听天有命、惟命是从，即便你生活在主人的私密空间，总是玩物，也终究无法改变动物的本性。所以，思来想去，纠结归纠结，痛苦归痛苦，你只要生存在这个世上，都应感恩于上帝的安排，为神灵赐予生命而庆幸，为接纳你的这个世界做点什么，哪怕作为一名过客、一个苦力、一个宠物。但有一句话撂在这里：只要守规矩、不添乱就行。

但是，啥叫不添乱呢？

也许是无意间一时疏忽，我却偏偏在不知不觉中给主人家添了乱。事情还得从一杯牛奶说起——

女主人生产小宝宝之后，整个家里的生活就由男主人打理。这样一个大老爷们，平时饭来张口、衣来伸手，凡事都由老婆当家，从来不曾过问我的饮食起居，这下，终于尝到了作为家庭“煮夫”的滋味。女主人住院最初几天，男主人既要给小主人热奶、为女主人送饭，又要照顾我的生活，从早到晚忙得一塌糊涂。第四天晚上，男主人从医院回到家，已是夜里十一点，他给我喂完狗粮，又把小主人喝剩的牛奶倒进食盆，我顾不得挑三拣四，一股脑儿将凉牛奶喝个精光。谁料想，当天夜里肚子就掀起“革命”，接连三天拉稀不止，直闹得饭不思、水不进，浑身上下有气无力，任男主人再三“挑逗”，也提不起精神。男主人急得如热锅上的蚂蚁，害怕女主人怪罪，赶紧把我送进宠物医院，结果，经医院化验检查，我立刻被收留下来，理由是：严重缺水，有生命危险。

在N市有名的这家宠物医院，两个女护士把我死死按在输液室的病床上，她们全然不顾我的再三挣扎，一个人三下五除二在我的腿部剃去一撮茸毛，另一个人在腿部擦完碘酒，将细细的针管插进皮肉，接着，我的腿部胀一阵凉一阵，浅黄色的葡萄糖和药水源源不断地流进我的血管。

男主人坐在我病床旁的椅子上，见我既紧张又痛苦的模样，心里很不是滋味，右手攥着我正在打针的前腿，不住地自责：安瑞，都是我不好，没有照顾好你，不该喂你过期的凉牛奶，害得你吃坏了肚子。

我趴在狭窄的病床上，像个受了委屈的孩子，眼巴巴地看着男主人，脑子如同过电一样，思绪乱成一团。说实在的，我的入院打针，既有男主人的原因，又分明是我自己造成的，归结到男主人身上，主要是他给了一杯喝剩的牛奶，要论我自己，就得怨我管不住自己的嘴巴。但不管怎么说，这个时候我患病输液，无异于让主人措手不及，添加了不和谐的气氛。想到这里，我越发不自在，在懊悔不已的同时，盼着自己尽快好起来，免得因为我而冲淡了小主人诞生的家庭祥瑞。

……

经过一周的漫长，男主人终于接女主人、小主人从医院回家。为了避免女主人过早知道我的遭遇，男主人想方设法少让我靠近女主人。但是，聪明的女主人发现了其中的蹊跷，逼着男主人问明究竟。得知我因一杯过时牛奶生病入院，不禁火冒三丈，狠狠地把男主人数落一通：连个宠物都照顾不好，你还能干什么？！亏得你还是个机关干部。

闻听女主人劈头盖脸地责怪男主人，我再次被强烈感染，喉咙热燥哽咽，暗想：生活在这样的家庭，除了死心塌地地扮演好宠物的角色，我还能做什么呢？

第一次 Diyici QU CHONG WU DIAN MEI RONG

去宠物店美容

正儿八经地，我第一次去宠物店打理毛发，是在小主人满月后。之前的一个月时间里，第一次作母亲的女主人，经历过艰难的剖腹产子，切身体验了作为母亲的痛苦，也尽情享受着母子间特有的快乐，实现了由少妇到完整女人的华丽转身。完全陶醉在幸福之河的女主人，彻底抛却了往日的高贵与优雅，常常和衣而睡、疏于装扮，连作为女人标志的乳罩，也早已被扔到一边。随着小主人满月的到来，女主人不得不顾及自己的形象，刚出满月第一天，就撂下孩子进了美容店，花费三个小时染烫了头发。当她以崭新的姿态回家时，面对家里的一切，却这也不舒服、那也不顺眼。而我这个宠物，就成了第一个看不惯、被收拾的对象。

毋庸讳言，在女主人坐月子的时间里，整个家庭都集中围着小主人转，而我尽管是这个家庭的宠物，也不得不退居其次。说白了，谁让你终归是动物呢？于是，男主人没空尽情地逗我玩，女主人懒得及时给我梳毛发。久而久之，我原本整齐的毛发像饼子一样粘在皮肤上，眼睫毛遮盖了眼睛，开始影响视线，胡子长成硬硬的刷子，吃饭时既费力又漏嘴。最令人作呕的是，撅起的屁股上，还残留着焦黄的屎尿痕迹。如此，哪还像一个什么宠物啊？

就这样，我被女主人硬硬地带进了N市有名的一家宠物美容店。那是一个星期天的晚上，女主人把小主人托付男主人，喂完我狗粮，就带着我出了家门。走到楼下那辆黑色帕萨特旁，我疑惑不安，心里直打鼓：她好久没带我出门，这一阵子光嫌我脏，难道要趁黑把我送人不成？好在我身上没套皮绳，转身抬腿就跑到台阶上。她蹑手蹑脚走过来，一把将我摁住，心疼地说：安瑞，别害怕，我带你美容店。看你这个脏样，怎么跟小主人玩？

美容店？是宠物洗澡的地方？我正犹豫不决，女主人便把我塞进后座里。来到美容店，门头已是华灯齐放，店里一男一女两个服务员正在打情骂俏，见我和女主人进来，赶紧从服务台后边走出来。女服务员穿上浅灰色工作服，将我抱在怀里，男服务员拿着一本杂志，向女主人推荐时尚美容。

女主人翻阅着充斥各种洗涤液、化妆品的宠物美容杂志，漫不经心地说：先给我家安瑞洗个透澡，然后再看弄个什么造型。

好嘞！女服务员抱着我，应声推门走进后面的玻璃房。她打开头顶壁挂空调，弯腰将我放在地板上，开始给我剪指甲，剃脚底、肛门周边和肚子上的茸毛，接着用滴耳油清洁耳朵，朝眼里滴药水。之后，拧开喷淋水龙头，试好水温。就着氤氲的热气，我顺势跳进浴盆，眯起眼睛享受着女服务员的呵护。她熟练地将我身上涂满沐浴露，在我头部撒了洗发水，来来回回揉搓几遍，用温水冲过，把我裹进白色浴巾里。

半小时后，女主人推门而入，见我水淋淋而又瘦小的模样，不耐烦地说：赶紧帮它吹干！不然，会感冒的。

女服务员微笑着，不紧不慢地帮我擦着身子，坦然地说：您放心吧，保准没事！说话的功夫，抄起吹风机，朝我全身吹一遍热风，三下五除二，就把一个毛发蓬松、干净的我放到女主人的怀里。

女主人以许久没有过的姿势搂抱着我，会意地看了几眼女服务员，小声对我耳语：这下可好了，不再臭烘烘的讨人嫌了。我支着毛茸茸的耳朵，瞪着圆圆的眼睛，像婴儿似的，乖乖地趴在她的怀里，一股久违的幸福暖流漾遍全身。主人到底是爱我的。这下，我又找回了作为宠物的感觉。

这时，男服务员又拿着时尚杂志，执着地问女主人：您看……给安瑞选哪种美容造型？前半身毛发直立，后半身和臀部剪短，像贵宾这样行吗？

女主人绷了绷红红的嘴唇，摇摇头：我们家安瑞本来就是只泰迪熊，再打扮也成不了真实的贵宾。再说了，人们常说的贵宾其实就是一种修剪方式。与其弄得尖嘴猴腮的，倒不如实在些好……实在一些，看着既顺眼又舒服。

那？您看……男服务员与女服务员对视一会儿，显得有些费解和不知所措。

甭再费心思了，一百八十元的，就剪成泰迪熊的模样！女主人把杂志放到墙角，确定无疑地说。

好吧，还是主人说了算，就听您的。女服务员脸上露出浅浅的酒窝儿，和男服务员一起把我挪到旁边的长条桌上。刚开始挨到桌子，我身体摇晃不停，索性趴卧下去，接着又被扶持起来。在女主人的监督下，男服务员小心翼翼地握起电动剪刀，“嗡嗡”地在我身上修剪起来，当打理到头部的时候，我触电般猛然哆嗦几下，双腿蹬动不止，开始变得烦躁不安。女主人看在眼里，立刻厉声叫停。女服务员接过电动剪刀，在我的头部简单比划一阵，接着沿着头顶开始修剪。个把小时过后，随着一阵香水味的弥漫，我终于获得“解放”，仔细对照着镜子，望着圆滚滚的身子、熊狮般的头颅、缀满胡须的小嘴，自觉不自觉地摇起了尾巴。我自我欣赏的高兴劲儿，撩起了女主人少有的兴致，她顺手在我头顶系上红蝴蝶结，朝我的小胡子轻轻捋了一把，我顿时瑟缩一团，变得扭扭捏捏，呈现出一副可掬的憨态。

经过这次美容，我变得更加自信。多亏女主人的坚持，令我保持了作为泰迪狗的本来面目，否则，很容易掉进宠物美容的陷阱，且不说高昂的花费，更为可怕的是，往往在扭曲美容的过程中迷失方向、找不到自己。

我清楚地记得，跟着主人多少次街头散步，经常碰到一些不伦不类的宠物，本来好好的一只灰色雪纳瑞，偏偏被主人剪去尾巴，坦露出丑陋的肥臀；原本耸着两只耳朵的吉娃娃，无端地一只耳朵被剪成了V型……看着它们跟着主人亦步亦趋的“可怜样”，我打心眼里替它们汗颜。为了糊涂的生存，它们不得不讨好自己的主人，失去作为宠物的应有尊严，变得越来越被异化、根本不像自己。

其实，作为宠物的动物也是有灵性、通人性的，只不过它不像人一样，能自由地独立思考、改变自我，只能借助主人的力量，不断地充实自己、抬高身份。比如，作为世间的高级灵长——人为了追求自身的完美，只要有足够的资金支持，就可以今天隆鼻、明天拉皮、后天染发，甚至可以采取医学手段，由男变女、由女变男，结果变来变去，有的确实曾看着舒心一时，有的则弄巧成拙、成了丑八怪。单就人们常常善作的双眼皮，就不难发现，手术之初，有的人由单眼皮割成双眼皮，暂时看着舒服，见到了美容的功效，但是时间一长，手术后的双眼皮就会塌皮沦为皱纹一道，说什么也赶不上自然的美丽，于是，不得已就再割再变，直到变得面目全非。

这，正应了女主人之前的那句话：如今，这世上连人都可以造假，还有啥不可以的？

接触“配偶”

秋天是个美丽的季节。当深秋的树叶被渐渐着色，满山的姹紫嫣红令人如痴如醉。在美丽如画的周末上午，男主人急不可耐地带我来到山体公园。经过秋雨的洗涤，火红的枫叶显得格外妖艳，一片片燃烧着的枫树林，在微风的吹拂下，频频向我们点头微笑，欢迎我和主人的到来。沿着撒满枫叶的山间小道，我和主人来到一处宽阔的平地。这里，早已人头攒动、宠物云集，到处悬挂着宠物形象的标牌。对这些宠物摊位，市场好像特意安排似的，东面一溜儿是清一色的雄性，西面一溜儿是不二样的雌性。在披红挂绿、拥挤不堪的摊位前，摊主们各自展示着自己的宠物，与前来洽谈的宠物主人讨价还价。

这里，就是人们传说中的宠物相亲大会。

小主人三个多月的时候，不知不觉地，我的身体发生了一些莫名其妙的变化。原本平和温顺的我，心情开始烦躁不安，食欲日渐减少，动不动就发疯似地奔跑，时常做搂抱女主人的姿势，每逢听到门外动静，撕开喉咙拼命狂吠。更让我纳闷的是，我的阴门肿胀潮红，不时地流出红色的粘液，排尿的次数也相应增多。男主人逗我玩耍时，偶尔不小心轻触我的臀部，我会下意识地弯曲尾巴，将自己的阴部外露出来。

缘于性别上的天然类同，细心的女主人发现了我的些微变化，经上网查阅资料，坚定了自己的判断，微笑着对男主人说：看样子，咱家安瑞的确长大了！

男主人眨巴着眼睛，疑惑不解地问：啥意思？

女主人举起拳头，朝男主人胸前轻轻捶打一下：你在故意装傻卖呆。动物也通灵性、会发情，也要传宗接代。

男主人拍打着自己的脑袋，若有所悟：嗨！我咋就忘了这一出呢？过两天，我赶紧领着安瑞找朋友去！

处在热闹喧哗的相亲现场，我直挺着身子，抖动着头顶高耸的红色小辫，跟随男主人兜转一圈，兴致勃勃地打量着我的同类，从它们神态各异的目光里，寻找气味相投的“那一个”。沿东面摊点由北到南，男主人和我在枫树下缓缓止步。摊主四五十岁的样子，身着稍显油腻的摄影坎肩，戴一顶运动鸭舌帽，正在与几个人忽悠侃大山，见我兴致勃勃地跑过来，指指桌上的灰色泰迪，主动跟我家男主人搭讪：大哥，要配种吗？我这宠物可是上好的纯种泰迪！

男主人点点头，伸手翻开灰色泰迪的茸毛，

轻轻捏捏它的后腿，又仔细看看它的牙齿，冷不丁地问：这泰迪从哪里来的？几岁了？

摊主不紧不慢，得意洋洋，底气十足：说实话，它的父亲是北京那边的。今秋才刚满三岁，上月十号还为XX房地产老板的宠物配了一次。

配一次多少钱？

不多，一千。

太贵了点吧？

贵？这你就不懂了，得看什么种！

两人说到这里，男主人哏了一下，他最关心的，还是那宠物的健康状况：最近它的身体和精神状态怎么样？

啥毛病没有……身体倍儿棒！摊主下意识地拍拍自己的胸脯，随即解开灰色泰迪的套绳。眨眼间，灰色泰迪尥起蹶子，从桌子上跳下，疯也似地窜进枫树林。

望着那倏匆闪动的背影，我惊诧不已。摊主若无其事，吹起尖厉的口哨，一会儿工夫，灰色泰迪窜到我跟前。它瞪着好奇的黑眼珠，围着我转悠一圈，仰着鼻孔朝我从头部闻到臀部，用略带余温的舌尖舔舐着我的阴部。瞧它这般娴熟的功夫，俨然一只阅历丰富的宠物犬。而我，初次经历如此的场景，则充满了本能的恐惧，心跳骤然加速，腹部疼得针扎一般，趁主人不留神，撒腿就跑，刚挤进对面雌性宠物群，被男主人追上去抓了回来。结果，在男主人的威逼利诱下，我被迫委身半蹲，下蹋腰部，任凭那灰色泰迪慌里慌张地趴在身上……

十多分钟后，我蹲在枫树边的石块上，感到阴部阵阵疼痛，蜷缩着身子舔舐起来。男主人看我痛苦不堪的样子，抚摸着我的头劝慰道：安瑞……咱不害怕，不要紧的，坚持一会儿就好了。

摊主习以为常、见怪不怪，站在一旁幸灾乐祸地说：宠物狗第一次交配都这样，用不着担心。这下好了，一旦生了小宝宝，它就像人家新娶的媳妇一样母以子贵了。

看你说的，好像它不生宝宝就不是宠物似

的。男主人翻着白眼斜睨摊主几下，从屁股后面掏出钱包：给！这是一千块。可是，丑话说到前面，要是这下没有怀上，我可得再来找你！

摊主伸手接过钱，点了点装进衣兜里，爽快地说：没问题。真要跟你说的那样，下次你来配种，保证免费！

你这人……怎么说话呢！男主人领着我刚想离开，转身对着摊主，不依不饶。

摊主似乎意识到话语有失，觍着脸笑嘻嘻地说：你看俺这张臭嘴。对不起啊大哥，我是说假如宠物再来配种……免费。

免费……钱，钱……免费，三句话离不开"钱"。跟着男主人离开枫树林，我脑子始终为"钱"纠结：钱，难道就那么值"钱"吗？！"钱"到底是个什么东西？！

在这个世界上，动物和人类一样，最宝贵的莫过于生命。可是，为什么人与人之间、动物与动物之间、人与动物之间的关系，在许多情况下非得用钱来衡量？本来，生产下一代是物种延续的需要，是物种之间至纯情感的传递，却硬被附加诸多市场交易的元素。在这个问题上，人和动物所不同的是，动物之间的性关系是赤裸裸的现钱交易，人类之间的性关系却蒙着一层神秘的面纱。

遭遇流浪狗

流浪？大凡有家有业有亲人的生灵，谁会去流浪？！至于所说的流浪狗，也并非自出生那天起就流浪。每一只流浪狗的流浪命运大体相同，但它们又有着各自的辛酸与不幸。从某种意义上讲，我倒觉得，人们与其对流浪狗深恶痛绝、大加讨伐，不如走近这些流浪狗，切身感知它们背后的故事。而我和流浪狗贝贝的遭遇，铁板钉钉地嵌入我的脑海，一而再再而三地触动我的敏感神经。

萧瑟的秋风未及吹落梧桐最后一片黄叶，初冬第一场雪就赶趟似的，飘然而降。在家憋闷了几天的我，好不容易挨到周末下午，趁着男主人午睡刚醒，主动咬住遛狗的套绳，摇着尾巴凑到主人身边。男主人会意地给我穿上兜肚一样的棉衣，带我下了楼。楼外，四周皑皑的白雪，光一般刺疼我的眼睛。沿着狭窄的甬道，男主人带我在院内转了两圈，便走进门口超市，当他拎着香肠、糕点和水果出来时，我亦步亦趋跟随在后，隐隐约约地，似乎感到身后多了点什么。在我转身的刹那间，一只雪纳瑞模样的宠物狗惊慌失措地逃到院墙边，我好奇地紧追过去，将它堵到墙边的乱草丛中。它颤巍巍地站在对面，顶着刺骨的北风，夹着粗短的尾巴，眨着细小的眼睛，呲着满嘴的牙齿，声音微弱而又警惕十足：你……你别过来！

面对它充满无助的神情，我登时动了恻隐之心：你甭害怕，咱们都是同类，我决不会伤害你。

它好像在怀疑我的善意，一边一个劲儿地摇头，一边以另类异样的目光打量我。

我极力显示自己的真诚，将右脚轻轻抬起，友好而又关切地问：你叫什么名字？为啥弄到这个地步？

它瑟缩着身子，抖动着毛茸的下巴，嗫嚅着：我叫……贝贝。至于为什么混到现在这个模样，真是一言难尽……

原来，这只灰色雪纳瑞不满一岁的时候，主人就从鸣凤市场花两千八百元钱把它买回家。当它乘坐白色的宝马来到主人家的时候，暗暗庆幸自己找了个好主。主人家位于城市南郊的高档别墅区，拥有单门独幢的二层小楼，三百平米的面积分布六个房间、两个门厅、三个卫生间，楼下有百米见方的草坪和专门的车库。男主人胖胖的、小平头，承包经营几家加油站。女主人原是加油站收银员，人长得漂亮、聪明，当了几年“小三”，终于修成正果。可是，两人结婚三年，始终没有孩子。为打发女主人在家的寂寞，男主人专门为她买了这只雪纳瑞，并亲昵地为它起名：贝贝。

贝贝是个特别聪明的宠物，灰色光亮的毛发，圆滚滚的身子，短翘的尾巴，精神得像个天真烂漫的孩童。来到主人家半年多的时间里，它受到男女主人的百般呵护，吃着进口的美国狗粮，喝着纯正的特仑苏牛奶，玩着日本的高档玩具，经常跟随女主人出入商厦、会所，日子过得颇为自在惬意，慢慢产生了一种莫名其妙的幻觉，似乎把自己当成了家庭的“小皇帝”。

倾听着贝贝的叙述，我内心骤然升起由衷的羡慕，但是，面对它哆里哆嗦、胆小如鼠的模样，我又显得纳闷不解，追问一句：后……来呢？

嗨！别提它了。贝贝舔舔嘴巴，稍微抬高了嗓门：直到现在，我也搞不明白，为啥有钱的男主人却缺乏应有的德性？

怎么讲？我疑惑地张了张嘴。

都是那该死的麻将！贝贝跺了跺脚，愤愤

地说：也不知道从何开始，男主人养成了玩麻将的嗜好，玩起来不分昼夜、懒得回家。女主人跟他大吵几次，他不但没有收敛，干脆把牌局设在了自己家，于是，家里就成了麻将窝，女主人也跟着打起了麻将。这样一来，主人已无暇领我下楼遛弯，我便成了多余的，受到冷落。

那你就离家出走？我总觉得，毕竟服从主人意志是宠物的本分。

哪能这样简单？好好的家庭，我能轻易选择离开？贝贝歪扭着脖子，摆出跟我争辩的架式：俗话说，有压迫就有反抗。半年前一天晚上，麻将打得乌烟瘴气，十一点多钟，饥饿难耐的我忍不住扯住男主人的衣角，刚“哼哼”两声，就被一巴掌扇到墙边。我没有丝毫防备，撞得额头鲜血直流，眼前闪起了金星。女主人将我抱起，非但不埋怨男主人，反倒责怪我没眼色。更为可恶的是，事隔不久，门厅里麻将战局正酣，我咬着一袋狗粮从桌边经过，不小心踩了谁的皮鞋，那人惊叫之间，把牌局搅成一团。结果，惹恼了男主人，他怒气冲冲地，抓起麻将朝我扔来，猛地击中我的左眼，顿时，我疼得昏倒在地。等我苏醒时，左眼已经蒙上纱布……久而久之，我感到主人不再把我视为家庭的宠物。每每看到霸道的男主人，就令我想到可恶的“黑社会”。既然这个家不再温暖，我何必死死赖在这里？终于，趁女主人推门外出不注意，我偷偷逃跑出来。

那……离家出走毕竟是件痛苦的事，这些日子你咋熬过来的？窘态百出的贝贝，深深勾起了我的怜悯与同情。我清楚地知道，作为一名宠物，从逃离主人家那刻起，其身份就发生质的变化，成了名“流浪狗”，而一旦流浪开来，便居无定所、食无去处，随时有生命之虞。在这座城市，跟着主人外出，每逢碰到浑身脏乱、精神抑郁的流浪狗，我便受到强烈的震撼，恨不得立刻请它一顿饱饭。

贝贝走出白雪覆盖的草地，蹑手蹑脚凑到我跟前，瞪着一只暗淡的眼睛，羞愧难当地说：

离开主人家的当天夜里，我孤独彷徨，一不留神遛到马路中央，迎面驶来的轿车骑着我急驰而去，险些令我丧命。从此，我再也不敢轻易穿越马路。随后的日子，不是在集市上捡食垃圾，就是到饭店门口讨些残羹。有一阵，被逮进城西流浪狗收容所，可那里管教严、吃不饱，我便偷偷逃了出来。最近几天，天气越来越冷，我实在支撑不住，就尾随院里的宠物狗跑到这里，在地下车库安了“家”。好心的人们看我实在可怜，时常在车库门口放些食物，我才得以活下来。

是啊！生活在这个世界的人千差万别，如果用一句中肯的话说，那就是终归还是好人多。只有好人多了，这世界才充满阳光、值得留恋。与贝贝相比，我摊上了好的主人，生活美满幸福，在寒冷的冬天，且不说衣食无忧，还能陪着主人悠闲地散步。可是，此时的贝贝，感觉必定有所不同。想到这里，我越发好奇，不禁问道：大冷的天，你不好好呆在“家”里，跑出来干啥？

贝贝使劲抖落身上的雪花，眨着那只完好的右眼，无助而又充满期待地回答：不瞒你说，好人也有打盹的时候。下雪这几天，门口不见新放的食物，我已经两天没东西吃了。刚才，你和你家主人路过，让我闻到了一股久违的糕点味道，于是，我忍不住腹中的饥饿，侥幸地跟了过来。

噢，原来如此！曾经有过失踪经历的我，突然回忆起在外流浪漂泊的日子，强烈的饥饿感油然而生。于是，我连忙扯起贝贝，沿着被雪覆盖的甬道，深一脚浅一脚朝男主人追去。隔着院内一条南北干道，男主人手提糕点、水果，早已站在我家楼西头。我费力地趟过干道，跑到男主人身边。当贝贝顺着我的脚印缓慢而来的时候，意想不到的悲剧发生了：由南面驶来的一辆垃圾车刹车失灵，将贝贝辗压在轮下！

我拽着男主人，发疯似地跑去。当男主人奋力把贝贝从车轮下拖出的时候，雪地上已染满血迹，可怜的贝贝已经气绝。眼前悲惨的一幕，使我伤心愧疚得难以自持，俨然热锅上的蚂蚁，围着贝贝的尸体急得团团转。男主人在垃圾楼旁边小树林挖个坑穴，慢慢将贝贝尸体下葬。在他一锹锹将贝贝掩埋的过程中，雪花鹅毛般漫天而降，越下越大，须臾之间便把刚刚隆起的坟头遮盖。我疾步跳到男主人身后，不顾一切地撕开塑料袋，把糕点、水果撒到坟头四周……就这样，贝贝这只流浪狗的命运划了一个悲惨的句号。而划这个句号的罪魁祸首竟然是我。原本出于同类情分，前去追赶我家男主人，好让贝贝能吃上一顿饱饭，没料想竟成了不齿的“丧门星”。我后悔莫及，不该带着贝贝穿越积满冰雪的马路，不该在凛冽寒风中勾起它痛苦的回忆，压根更不该缠着男主人冒雪下楼遛弯。

可怜的流浪狗——贝贝走了，而我却背负无尽的懊悔苟活于这个世界。作为动物家族的成员，同样是其中的佼佼者，都曾顶着宠物之名快乐生活，造成当下的阴阳两隔，究竟是谁之过？是天灾，还是人祸？

跟着男主人回到家里，室外的路灯已经闪亮，隔窗眺望那忽明忽暗的灯光，我脑袋一片空白，朦朦胧胧的，眼前似有一股阴魂缭绕。莫非真像算命先生所说的，不管是人还是动物，死了就跟睡了似的，只是肉体的消亡，而灵魂却像幽灵一样在时空游荡。我恨自己的好心办坏事。

是夜，我无心享用主人赐予的美食，早早钻进铁笼里，浑浑噩噩进入梦境。按照心理学的观点，人人（动物）都会做梦，但令人匪夷所思的是，有时我们的梦却显得不可思议，自己在陌生的环境中常常做一些奇怪的事，而且梦境中的思维和在现实世界的认知一样，甚至在梦中还清醒地认为：这是在做梦，这个梦是假的。凭我的智商和经验来说，梦通常是那么的美好，处在主人这样的幸福之家，我经常做一些令自己长着翅膀飞起来的梦，在梦境中体会天空的晴朗、人间的美好。可是，今夜的梦却让我毛骨悚然：莫名其妙的，我竟然像冤死的贝贝一样，变成了一只可怜的流浪狗。

有自己的宝宝

历经三个多月的艰难怀胎孕育，两个可爱的小宝宝终于降临。作为一名幸福的母亲，来到这个家庭刚接近两年，就实现了人生的重大转折，我心中漾出难以名状的惬意。而对这个家庭来说，则一如过年般热闹，男主人专门燃放鞭炮以示庆祝。女主人抱着六个月大的小主人，高兴得合不拢嘴，顺口分别给宝宝起名为“熊熊”和“迪迪”。

枫树林那次奇遇之后，我总觉得失去了作

为宠物的贞洁，有一种惨遭无端强奸的味道，整个身心大为受伤，一连几个晚上被噩梦惊醒。二十天之后，我开始失去食欲，即便强迫自己吃些狗粮，也会接着呕吐出来。随后一段时间，食欲恢复正常，腹部急速增大，乳腺逐步肿胀，经宠物医院大夫检查，确认我怀有两胎。为了保证小宝宝有足够的营养，主人除了在食物中添加钙粉、鱼肝油以外，还给我吃了很多的肉食和水果罐头。同时，考虑到胎儿骨骼的发育，男主人和我下楼的次数逐渐增多，天空一旦放晴，总要带着我在院子里晒太阳。

记得在预产期的前一天傍晚，我心情烦躁得厉害，一见狗粮和其他食物就反胃恶心，趴在卫生间熟悉的窝里，懒得动弹，实在承受不住膀胱的压迫感，就时不时地站到便盆上尿几滴。细心的女主人掐算了一下日子，提醒男主人：看这样子，安瑞怕是快生了吧？

那咋办？赶紧想招啊！男主人耳朵虽然机警，但却有些六神无主。

省得咱们手忙脚乱的，不如把安瑞送宠物医院去。女主人思忖一番，终于拿定主意：安瑞是第一次生产，在医院有医生护士照顾，说啥也比家里安全。

动物生产还非得到医院？又不是女人生孩子！

看你说的，动物生产也是生产啊，跟女人生产有啥两样？再说了，现在，很多人家的宠物都到医院接生。

那……

那什么那……赶紧的，不然就来不及了！

当晚，男主人连夜驾车将我送到宠物医院。在医院挂完急诊，戴眼镜的值班男大夫不情愿地为我做了B超、化验了血尿，接着开了张单子，对我家男主人说：赶快住院吧！看来，你家安瑞的确是要生了。

估计得什么时候？

也许是今晚。最晚也就明天吧。

那好。

我家男主人办完入院手续，抱着我跟着男护士来到二层走廊东头一间病房。这里，摆放有三张像笼子一样的床位，其他两张早已有主，一个是肥墩墩的雪纳瑞，已经躺在床上鼾睡；一个是机灵的哈士奇，依然蹲在那里睁着眼睛。男护士在前面伸手拉开房灯，将窗前床位的笼子敞开，示意男主人安顿我进去。我懂事似的，没有做任何抗争的动作，乖乖地猫腰钻进笼子。一会儿，男护士端着一碗葡萄糖水过来，轻轻地递到我面前，我实在有些口渴，三口两口把糖水饮进肚里，立刻感到周身充满了力量。我兴奋得好久合不上眼，在狭窄的笼子里来回辗转，惹得哈士奇焦躁不安。它微微站起身子，抖擞着身上的毛发，对我张了张口，露出满嘴的伶牙俐齿，感同身受地说：姐们，赶紧躺下休息吧，积攒下充足的体力，生产起来才能顺利些。

你？我眨巴几下眼睛，疑惑不解地：你怎么懂得这么多？难道你有过生产的经历？

哈士奇摇晃着尖尖的耳朵，颇为骄傲地说：实不相瞒，俺如今怀的这是二胎。生产第一胎的时候没有经验，和你现在的情况一样，心情烦躁得很，急得吃不下饭、睡不好觉，可是到生产的时候就没了力气，结果难产、大出血，费了一个多小时没生下来，差点要了命。说实在的，当时连死的心都有。

听你这么一说，生产这事挺吓人的。的确，对即将到来的生产过程，我有着本能的恐惧。

哈士奇瞪瞪黄黄的眼睛，一本正经地说：可不是吗！如果你经历一次生产，就会真正体会啥叫“女人生孩子就像从鬼门关里走了一趟”。

看你打的这个比方！宠物生产和人类生产能相提并论吗？对哈士奇的这等说法，我实在不能苟同。

哈士奇粲然一笑，伸出舌头：其实，动物和人类是相通的，在繁衍下一代这个问题上，都要经历怀胎、分娩，都会有顺产、难产，关键要看怎么对待。

那……你是怎么对待这件事的？我盯着哈士奇布满皱褶的面庞，执着地问。

哈士奇耸着脖子，抬着似乎高傲的头，洋洋得意地说：这不，经历了生产第一胎的痛苦，主人对我关照得更加体贴，本来离预产期还有四五天，生怕万一再出意外，就早早预留了床位，把我送到了医院。除此之外，我的饮食也发生了很大变化，除了平常吃的狗粮，还专门添加了牛肉罐头、新鲜水果。

哈士奇动人的一番话，令我突然想起我家女主人生宝宝时的情景，当初，她所享受的待遇也不过如此。于是，随口发出由衷的慨叹：看来，你这生产的阵势，快赶上主人生孩子了。

聪明的哈士奇毕竟有自知之明，立马解脱：这是哪跟哪啊？咱咋能跟主人比。主人家生的是龙凤，咱生的是狗，至多是只宠物狗。

常言道：人比人该死，货比货该扔。作为可怜的另类——不，是生活在不同家庭的宠物，究竟该怎么比？比的结果又是什么呢？我不晓得哈士奇生活在什么样的家庭，也懒得去打听，反正清楚自己能吃几碗干饭，眼下得到主人百般呵护与厚爱，我已经心满意足，决不能拿生育宝宝向主人讨价还价。想着想着，我的眼皮开始瘙痒发涩，身体慢慢往右一倾，迷迷糊糊倒在笼子里……

时间伴着窗外的寒风默然而逝，不知不觉中，我腹部好像被东西狠狠踹了几下，阵阵剧烈疼痛将我催醒。我懵懵懂懂睁开眼睛，借着窗外透过的光亮，我清楚地看见白衣助产士正手拿剪刀，一边朝着我胡乱比划，一边对男主人说：不好，一个小家伙被卡在了产道里，你家宠物可能难产，保大的，还是保小的？

男主人陡然不知所措，焦灼不安地瞅着我，惊诧地嘟囔一句：不至于这么严重吧？

助产士绷着脸，严肃地说：你寻思我在吓唬你？前两天，恰恰因为主人大意，挺好的一个雪纳瑞就……没了。

男主人心情格外沉重，抬手打断助产士：

别说了……如果有万一，就想法保大的！

两人的仓促对话，令满屋的空气变得像铅一样凝重。雪纳瑞、哈士奇和它们的主人，纷纷投来怪异的目光。我虽然神情显得恍惚，但脑子却十分清醒，心想：宠物生产是比较自然的过程，一般不会难产，为啥偏偏轮到我身上？无论如何，决不能让它们看笑话。我斜躺在病床上，阴部如同被东西堵塞，在主人的注目鼓励下，使出浑身的力气，一点点往外挤。许久，我感到产道一阵膨胀，仿佛一只手伸了进去，伴随火辣辣的热意，两个小家伙先后被拖了出来。我虚脱瘫痪，无力舔舐小家伙身上的胎膜和羊水，也懒得咬断缠在它们身上的脐带，直到在助产士的拍打下小家伙发出微弱的叫声，我心里才像一块石头落了地。

经历了此番生与死的考验，我突然间长大了许多、成熟了许多。俗话说，夫贵妻荣，母以子贵。两个小家伙的诞生，自然给作为宠物的我带来无限的荣耀，也为我家主人增添了特有的乐趣。短短半个月的时间，小家伙就像戏剧的变脸一样，模样一天一换，煞是喜人，而我也吃得滋润睡得香甜，身体日渐恢复，精神一天天好转。谁知好景不长，两个宝宝刚刚满月，我忽然听见男主人对女主人说：张处长正在给他家的灰色泰迪寻找伴侣。女主人若有所思，随口便说：好啊，那就把咱家熊熊送给他。闻听此言，我心如刀绞，如同霜打的茄子，好久没有缓过神来。

一星期之后，当熊熊被张处长抱走、离开主人家的那一刻，我疯也似地在窝里撕咬，愤怒地吼叫着，难以忍受母子间的离别之痛，热血直冲头顶，几度晕厥过去……

碰到老人之死

大千世界，无奇不有。冥冥之中，似乎有那么一种潜在悠远的因应：每一个有机生命的诞生，既由前世注定，又和来世相通，相对于今世，则往往意味着另一个生命的消亡。这虽然不能说是生命的铁律，但在某种程度上却又关乎人类的生活。在这一点上，残酷的现实恰恰给予了验证和注脚。就在小宝宝诞生两个月、小主人满七个月之后，主人家发生了一件意想不到的事：男主人家里老人“突然”去世。

噩耗是春节过后上班第一天传来的——

正月初八，是工薪族们节后第一天上班的日子。这天早晨，男主人起得格外早。他匆匆忙忙洗脸刷牙，给我准备了上好的狗粮，放在卫生间的笼子旁，待我一口气吃完，对依然沉睡的女主人招呼两声，就夹着皮包推门下楼。可是，离家不到两个小时，他就挂着满脸的阴云，出人意料地耷拉着头回来了。女主人抱着小主人，推开门第一句话：你咋这时间回来了？不会发生什么事了吧？！

男主人面部苦涩，低着头无精打采地说：老家村里打来电话说，宝宝奶奶去世了。

啥？！女主人刚喂完小主人牛奶，正端着奶瓶往厨房走，突然停下脚步：不可能吧？你是不是听错了？年前，咱们不是刚给她寄了一千块钱吗？

男主人悲痛得脸部扭曲，捂着头哽咽地说：千真万确，是村主任孙大叔打来的电话。再说了，谁能开这样大的玩笑？

是的，没有人会如此的恶作剧，专拿别人家的老人说事。节前，男主人好像有什么预感似的，有意动过回家过年的念头，原本想和女主人一起，带着小主人、我和迪迪，回家与老人过个团圆年。但是，刚欲张口与女主人商量此事，就横遭白眼，落得热脸碰上了冷屁股。容不得男主人细心解释，女主人就不耐烦地说：回农村过年？那你自己回去好了。你也不想想看，天寒地冻的，连手都伸不开，宝宝才几个月，迪迪那么一点点，回农村怎么生活？！

这我倒没多想。我只觉得，老人年事已高，身体越来越差，过一年少一年了……做儿女的应该多陪陪她。男主人硬硬噙住眼角的泪花，强忍着心里的酸痛说。

是啊，我理解你的心思。女主人清楚家里的情况，但又十分地不情愿，于是撂了一句：我怕宝宝受不了、迪迪也吃不消，要回你就自己回吧！

算了吧！我一个人回农村过年，好像要单

帮似的。况且，家里这边也一大摊子事，不就苦了你、宝宝和迪迪了？男主人慨叹着，咬着嘴唇对女主人说。

这倒算不了什么……我在想……女主人低声说了半截，突然打住。

想啥？男主人惴惴不安地问。

要不……节前给他奶奶寄些钱去？女主人眼睛一亮，抬头望着男主人。

那好吧！就听你的。男主人觉得女主人说的话在理，不再继续无谓的争执。再说，多少年了，每每将要过年的时候，两人总是为着是否回农村过年争得面红耳赤、互不相让，以至于整个假期都处于冷战状态。而这，平心而论是他不愿意看到的。

于是，节前腊月二十，男主人专门去邮局给远在家乡的母亲寄了一千元钱，并附言道：母亲大人，春节将至，孩子小，工作忙，我们不能回家过年，您多多保重。开春的时候，我们再去看望您老人家。儿子叩上。

可谁能想到，恰恰在这个寒冷的春节，老人家就不明不白撒手人寰了。

……

当我家男主人驾着黑色帕萨特，拉着女主人、小宝宝和我回到农村那座熟悉的宅院，天空已是繁星点点。踏着邻居房檐泻下的灰暗光亮，我亦步亦趋地跟在主人后面，缓慢地走近堂屋。刚来到门口，看见屋里几个人正在忙碌着，有的整理寿衣，有的折叠纸钱，还有的点燃蜡烛。在铅一般的凝重氛围中，一个沙哑颤抖的声音传过来：是根子吗？你来得正好，你娘在等……你呢！

男主人疾步上去，趴在那人宽阔的肩上，哽咽着说：大……叔，俺知道……俺来晚了！说着，高喊了声“娘”，转身朝东屋床铺跑去。

据村委主任孙大叔说，老人原本盼着儿子回家过年，按照农村的风俗，托人早早置办了鸡鸭猪肉、白菜粉皮等年货，自己一个人蒸了馒头，炸了萝卜丸子、豆腐酥肉，还特意买了鞭炮、礼花。年前在街道遇见她时，她还露着少有的几颗牙说：她有种预感，这个年全家要团圆了，儿子要带儿媳回家过年。瞧她那发自内心的高兴劲儿，好像眼看着儿子儿媳孙子就要到来。没料想，儿子那张汇款单打碎了她的美梦，刹时令她强提的心劲松懈下来，于是，精神惆怅恍惚，整个人如同散了架似的，变得一蹶不振。大年初七那天早晨，孙大叔带着几位村干部来看她，她突然间兴奋过度，血压顿时升高，话没说几句就昏死过去。过了半个小时，等120救护车到来的时候，她瘦小的身躯已经冰凉冰凉。经过医生检查诊断，她患的是急性脑中风，不治身亡。

男主人颤抖着拉开电灯，掀开床上厚厚的棉被，泪眼朦胧地看着母亲苍白虚肿的脸，压抑不住内心的悲痛与伤感，深沉地喊道：娘，我是根子，不孝儿子来看您了……您睁开眼睛看看啊！您不是盼着儿孙回家过年吗？这不，我把儿媳、孙子给您带回来了……对了，还有我们家安瑞，也跟着一起回家了……如果您在天有灵，就感应一下，多少有些动静啊！

女主人怀抱年幼的小主人，身处如此凄凉的境地，像突然受了惊吓，呆呆地站在男主人身后，说：娘，如果您真的爱护自己的孙子，就千万别吓唬我们……您放心好了，我会记住您说的话，做一个好媳妇、好母亲。

说这些干什么？！别吓着孩子。从媳妇这番纠结的话语中，男主人悟出了其中的话外音，懒得也不忍心戳破她心灵深处的伤疤，接过年幼的儿子，缓慢起身离开阴森森的东屋，一屁股蹲在堂屋中间的餐桌旁。

作为一个智慧宠物，我毕竟会思想有感情，眼瞅着周围的一切，意识到主人家变故的来临，夹起尾巴趴到男主人的脚边，而思绪则像一团纷纭复杂的乱麻，任如何梳理也难以找出个头绪来。翻遍零乱无序的记忆，在与老人家少有的几次交集中，我觉得她有着大海一样的胸怀，独自一人生活在农村，承受了百姓所能经历的一切苦难与不幸；她没有轰轰烈烈的人生，一辈子与世无争，过着默默无闻的日子；她作为一个凡人，没有过高的奢望，只求得儿孙晚辈平平安安；她经常沉默寡言，即便儿子、儿媳冤枉了自己，也从来不与争辩……就是这样一个老人，在寒冷的春节本应家庭团聚的日子里，百无聊赖地了却了自己凄惨的一生。

女主人身穿孝服、有气无力地从坟地回来的时候，见我躲在小主人床头一动不动的可怜样，脸上掠过丝丝阴云。她擤了擤鼻涕，挨靠在床边，抚摸着小主人冻红的腮帮，眼眶充满了泪水。据女主人说，老人的葬礼是按照农村风俗进行的，由村主任孙大叔全权张罗，她和男主人披麻戴孝，伴随响器班低沉的音乐，跟着八个彪形大汉抬起的灵柩，缓缓地来到村东头的坟地。当母亲漆黑的棺材被慢慢放进墓坑的时候，男主人被人搀扶着，围着四周来回撒了两遍黄土，就再也支持不住自己，无力地瘫倒在地，直到有人用地排车将他拉回家，才稍微缓过神来。

我蹲在床前，眼巴巴望着女主人的痛苦表情，倾听着她的如怨诉说，心里不禁阵阵酸楚。人死绝不能复生，生者亦好自为之。试想，老人在世的时候不能好好尽孝，死后的披麻戴孝又能证明什么？常言道：树靠皮、人要脸。如此这般，对于普通乡下人来说，也许碍于面子，格外在意，相对于在省城工作的主人而言，或许就没有这样的礼数。但是，我家主人毕竟是有身份的人，随了乡俗反倒显得更为自然妥帖，因为，无论男主人长得再枝繁叶茂，他的根始终盘结在这里。

随着室外流水席（农村红白事宜的一种宴请答谢方式）的慢慢散去，太阳也像燃尽了它的应有能量，逐渐变得温和暗淡起来。穿行于人们正在收拾的桌桌剩菜残羹间，我抬头东瞅瞅西瞧瞧，偶尔伸出舌尖舔舐几下，肚里感到了些许饿意。我颠颠地跑到西屋，看着正在吃奶的小主人，不由得流出了涎水。等女主人从塑料兜里取出狗粮，我忍不住一下子扑了过去。正在我吃得酣畅淋漓的时候，隐约听见村主任孙大叔喊：根子，我这儿还有你娘的一封信！

男主人脱掉白色孝褂，来到堂屋中间，从孙大叔手里接过满是皱折的信封，跪在地上，感激涕零地叩了两个响头：多亏了大叔您，要不，摊上这样大的事，俺真不知道如何是好。

孙大叔被眼前的一幕惊呆了，赶紧上前两步，搀起男主人，动情地说：都是乡里乡亲的，谁跟谁啊！

男主人艰难地抬起头，抹着眼角的泪水，朦胧地望着对面的孙大叔，哽咽了许久，没有说出话来。

孙大叔长长地喘口粗气，慨叹道：唉！你娘这辈子不易啊！说完，甩甩宽松的长袖，头也没有回，即抬脚出了堂屋。

待孙大叔佗背的身影渐渐从栅门消失，男主人徐徐回到堂屋，扬手拉开头顶的电灯，整个屋里登时闪透出凄冷的光亮。他坐在紧北靠墙的长条几旁，右手不住地揉起眉头，陷入了沉思。女主人刚刚哄睡小主人，双手掐着我的腰部，徐徐走了过来，盯着男主人的额头关切地问：你没啥事吧？

没事，放心吧。男主人眉宇紧锁，轻描淡写地说着，顺手掏出了孙大叔转交的那个信封——一个早已褪色的牛皮纸信封。他沿着张口的一角慢慢将信封打开，从里面抽出一页泛黄的草纸，一字一句仔仔细细看了起来。信并不算长，只有半页多纸的篇幅，但这不到五百字的短信，却让男主人如刀子剜心，痛入骨髓，穿透灵魂。信中歪歪扭扭地写道（老人不认字，肯定又是托小学生写的）：

儿啊：

当你见到这封信的时候，也许咱娘俩已经天各一方了。不是为娘的绝情，不愿意给你说话，实在是咱娘俩缺少见面说话的机会。

俺知道你是公家的人，吃公家的饭，不像

咱老百姓自由。你不能常来看俺，为娘的明白。你长大成家了，有媳妇、儿子，还养着宠物……娘盼着你小日子过得舒坦。

娘的岁数越来越大，身子骨也不比从前了，近半年总觉得胸闷喘气困难，托人买药吃了也不管用，恐怕是得了怪病。唉，快七十的人了，这把年纪，活一天算一天吧。

对了，你可别怪娘没有给你留下什么，咱家本来就穷，你爹走得早，我一个孤老婆子能攒下啥东西？你结婚的时候，娘也没有给你们置办什么。想起这些，娘心里就不是滋味儿。娘觉得欠你们的，你们能原谅娘吗？

如今，娘快不行了，如果能给你们留下点念想，恐怕就只有咱家这块宅基、房子了。有处院子，总是个落脚的地方，不愿留下，卖掉也值一些钱，贴补些家用。

儿啊，娘就先说这些。也许……咱娘俩还有见面的机会。

娘字

作为这个家庭的宠物，虽然我不认得这些密密麻麻的汉字，弄不清字中蕴含的什么意思，但是，从男主人撕心裂肺的表情和女主人的无奈中，也许我和您一样，体味到了个中的悲凉与酸楚……

见男主人住院

当和女主人来到医院探望男主人的时候，我简直怀疑走错了病房，真的有些不知所措。

这哪里是内科病房？足足十多平方的房间里，南向宽敞的阳台上，摆放着三五盆鲜花，整个屋里散发出浓香扑鼻的百合味。男主人身着蓝色条纹病号服，悠然斜躺在东边床上。高挂床头的吊瓶，静而有序地输着点滴。一位穿着深蓝西装的男士，靠在床前抚摸着男主人的胳膊，不厌其烦地再三解释着什么。女主人款款放下手中的香蕉、桔子，将我抱在西边的沙发上。我端坐着毛茸茸的身子，竖起尖尖的耳朵，对着男主人矫情地伸出舌头。男主人朝我笑了笑，扭头对那位男士淡淡地说：多谢李主任专程来看我。没事了，你就回去吧。

都是俺们不好，您多担待。李主任歉疚地说着，从黑色皮包里取出白色信封，弯腰塞进男主人枕下：这是俺们局长的一点心意，您养养身子。

不必了。男主人正半推半就地说着，门口又挤来一拨人。李主任见状，不便久留，赶紧抽身告辞。这当口，女护士拿着药瓶走进病房，虽然没有看清她的脸色，但从扔下的话里足以看出她的情绪：这是医院病房！家属可以留下，其他人赶紧出去。

家属留下？我不算家属吗？容不得护士赶撵，我从沙发上一跃，隔过低矮的床头，纵身跳到病床上。男主人不由分说，右手一把将我搂住，顺势吻着我的额头，轻轻地说：我的好安瑞，你可不能走。

放心好了，安瑞不会走，陪着你。女主人坐在一旁剥着香蕉，故意扮个鬼脸，高声安慰着男主人。女护士匆匆换完药瓶，懒得吱声，狠狠斜睨一眼男主人和我，转身迅即离开病房。

望着女护士单薄的背影，我有些自责：要是没是没非的，谁跑这医院干啥？都是男主人惹的祸。直到现在，前天晚上的那一幕始终在脑际盘旋——

时令已是冬末，地上的积雪尚未化尽，白昼开始慢慢拉长，楼下的路灯还未点亮。傍晚吃完狗粮，女主人总要带我到外出遛弯儿，这种习惯早已刻进我的生物钟。我兴奋地摇摆着尾巴，乖乖地候在门口，等女主人从卫生间出来的时候，门“咚咚”响了起来。女主人从猫眼往外一瞧，立马拧开门栓。伴随浓浓的酒气，男主人踉踉跄跄闯进来，箱包、土特产、烟酒撒了一地，愣头直往女主人怀里撞。幸亏女主人反应灵敏，赶紧扶他去了卧室卫生间。可是，男主人在里面翻江倒海折腾，半个小时没有出来。也许习以为常，女主人从饮水机上接了一杯温水，放到卧室床头，不慌不忙地隔着门缝说：我和安瑞下楼，一会儿就回来。但是，当我和女主人在院子里兜了两圈、逗着乐子回家的时候，我俩完全惊呆了：只见男主人脸色焦黄、口吐白沫，整个身体缩成一团，侧躺在马桶旁边，胸前散着污浊的卫生纸，衣服沾满了呕吐的秽物，右脚上的皮鞋扔到墙角……眼看卫生间狼藉的样子，女主人一下子扑上去抱住了男主人，见男主人没有丝丝毫反应，她吓哭了——用一句不妥当的话，哭得简直如丧考妣。此时，不知何方神灵的有意安排，女主人的手机突然掉在门口，我立刻跑过去，用嘴叼住了手机，在女主人面前一个劲儿地晃动。女主人眼睛骤然一亮，慌里慌张地抓过手机，打通了120急救电话。不到十分钟，救护车把男主人拉到医院。据女主人说，一到医院急救室，大夫们就熟练地给男主人吸氧、洗胃、输液，足足观察了三个小时，男主人才缓慢苏醒。醒后的第一句话，就是咬着牙说：他妈的，假酒……差点要了我的命。

假酒？是的，说来话长。假酒是什么？说白了，就是用冒牌的勾兑酒充当上好的名牌酒——一般来说，被充当的往往是蜚声酒坛的茅台、五粮液之类。为什么会产生假酒？十有八九，是为满足人们的虚荣心，本来一些人喝不起昂贵的名牌酒，但为了装点门面，硬要打肿脸充胖子。于是，假酒便有了市场——市场不是追求利益最大化吗，只要赚钱，哪管什么真假？如此，造假酒的趋之若鹜，卖假酒的乐此不疲……假来假去，最终倒霉的是消费者、是名牌酒的生产商、是整个社会的信誉。

我家男主人本不属于好酒之徒，但诸多的公干却使他经常沾酒。这一次，或许让他有了刻骨铭心的记忆。临出院的头一天，他守着女主人和我，道出了其中的原委：

刚刚处理完母亲的后事，原本不适宜出差，

怎奈沿海X市上项目催得急，单位便派他到X市实地考察。一到X市，他发现这是一个外商合资的项目，由国外购买纸浆，在国内生产新闻纸，利润颇丰但污染环境。对这个项目，环保部门不欢迎，老百姓闹上访，可政府部门却特上心。为什么？可以带动当地的GDP。所以，男主人考察了一天，迟迟没有表态。他深深记得，单位领导曾专门叮嘱：遇事多长几只眼，勤动几下脑，少张几口嘴，省得不给自己留下退路。

好不容易揽个大项目，那能就这样糊里糊涂，夭折在一个小科长手里？当地主管招商的苟副市长实在于心不甘，绞尽脑汁想从男主人嘴里得到口信，决定设局赌上一把。于是，请来男主人的同学——一位五年不见、风韵犹存的大学女同学——做陪，在当地有名的海鲜酒楼摆了一场大席，特意吩咐办公室李主任从专卖店调来一箱茅台。人员刚一落座，苟副市长就脱下外套，若无其事地眯着小眼说：咱今天什么也不谈，就陪着赵科长喝酒！难得大家有机会凑到一起。

对这位苟副市长的为人，男主人了解一二，前不久耳闻为了觊觎市长的位子，告了现任市长的黑状。结果，现任市长升任市委书记，市长之位却留给了他人。想到这里，男主人就感到恶心，但是面对如此的场合，又不便扫人雅兴，于是逢场作戏地说：好，咱今天就听苟市长的。

就这样，在苟副市长主持下，主陪三杯、副陪两杯，作为三陪的女同学一杯，每杯二两、逢杯必尽。两个小时不到，五六个人把一箱茅台喝个精光，个个喝得酩酊大醉。好在男主人有个习惯，不管喝再多的酒，从来不在人前装孙子，哪怕自己难受不适，也硬撑着不让自己当场吐出来。再说，按照他平时的酒量，一瓶白酒并不算什么。于是，谢绝苟副市长的再三挽留，潇潇洒洒坐上市里派的专车赶回了省城。结果没成想，弄出这么大的乱子，差点把小命给丢了。

你想，有了这一出，X市的项目能有个什么结果。亏得那聪明的苟副市长还有脸派办公室李主任来医院探望。可是，探望归探望，项目归项目。在单位组织的立项专题讨论中，男主人如实汇报了考察情况，经领导、专家综合论证，项目还是搁浅了。理由当然很冠冕堂皇：该项目污染严重，通不过环评，属严格控制范围。

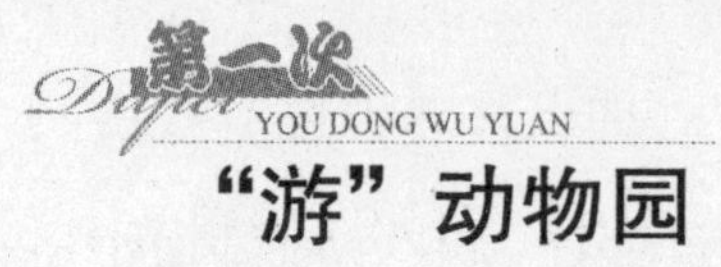

“游”动物园

也不知怎的，直到现在我还在苦苦思索着：为什么在那个万物复苏、春暖花开的季节，仅是跟主人全家去一趟位于市北的动物园，我就突然恢复了作为动物的本来面目，也给自身带来半个多月的惩罚与痛苦。

这是N市唯一一处大型动物园，该园始建于六十年代，位于N市城北，占地六十余公顷，园内花木扶疏，绿草如茵，曲径通幽，自然生态浑然天成，人文景观古色古韵，有各种乔灌木近百种，展示着来自世界各地的珍稀动物200余种、3000余头（只）。园区分为动物展区、娱乐游玩区、科普教育区、餐饮服务区，由动物园东门直至清水河桥以东园区，以经营游乐设施为主，分布有摩天轮、激流勇进等大型游乐设施；清水河以西，是动物展馆、景区和其它经营服务设施。沿柏油主环路右行，可到达嘤鸣馆、猛兽区、草食动物区、杂食动物区等各个展区。

站在拱起的清水河桥头，面对婆娑摇曳的垂柳，望着河道自由游弋的白鹅，我的心情格外敞亮和舒坦。记得半个月前，接男主人病愈出院时，女主人就迫不及待地说：过两天就是"五一"节，周末，咱们带着儿子、安瑞放松放松。男主人收拾着床头的东西，不以为然地问：你设计好了吗？这个时节能到哪里去？女主人故意卖着关子，扮个鬼脸笑着说：到时候，你就知道了？于是，正如女主人设想的那样，这个周末，就有了男女主人、小主人和我的这次郊游。

初春的阳光朦胧明媚，能够与动物亲密接触，从心理上远离城市喧嚣，减轻工作压力，自然释放了人的紧张和焦虑，使心灵得以暂时的休复。徜徉在人头攒动的柏油马路上，男主人怀抱一岁多的孩子，女主人牵着业已套牢我的皮绳，而我，则颠颠地跟在男女主人屁股后面，兴高采烈地在人群中左奔右突、钻来套去。透过一片低矮的松树林，两座假山骤然矗立面前。于是，我挣脱女主人手中的套绳，急忙上窜两步。

猴馆四周围栏边，好奇的游客不时往里扔食物，什么火腿肠、香蕉、桔子、曝米花、饼干等，刚扔到馆内就被聪明的猴子叼到假山上，惹得场内演出一幕幕弱肉强食的闹剧，伴随诸多幼猴的登杆爬链，场外人群引起一阵阵骚动。小主人兴奋地骑在男主人脖子上，左手拿筒冰激凌，右手指着馆内的小猴，操着稚嫩的口音呜哩哇啦一个劲儿喊叫。女主人靠在男主人身旁，一边逗着儿子嬉笑，一边紧紧地揽住我，生怕不小心掉进馆里。那猴子的红屁股每在眼前闪动一次，几个猴子为了争抢食物每咬噬打斗一番，我心里就被撩拨得不住地发痒、嘀咕：好可怜的猴子，同类相处竟然如此的荒唐。

按照场馆的顺序，主人带我参观完大象馆、羚羊馆、熊猫馆、百鸟馆，又来到位于西北角的猛兽区虎园。刚到这里，正碰上一场老虎吃小鸡的"游戏"。对这种猎奇的"游戏"，我早有耳闻，但从来不敢苟同，而这次却令我不得不刮目相看。饲训员小心翼翼地站在陡峭的虎山上，右手提一只公鸡，眼睛直盯着刚刚敞开的虎笼，待模样凶煞的老虎迈出前脚，他猛地将公鸡扔到山腰。胆小的公鸡一见庞然大物的老虎，疯也似地四处飞撞。老虎抖动着脖颈的鬃毛，张开血盆大口，直奔公鸡而去。弱小的公鸡熬不过两个回合，就蔫儿巴几地被老虎一口咬住。瞬间功夫，殷红的鸡血染红老虎的嘴巴，伴着满地飞舞的鸡毛，可怜的公鸡变成了孤魂野鬼。

眼睁睁看着虎园的惊人一幕，我浑身像被

注射了透凉的冰水，彻骨的寒意袭扰得我颤抖不止，心脏仿佛一下子被提到了嗓子眼。突然，我眼前眩晕得厉害，出现了一种莫名其妙的幻象：曾几何时，在荒无人烟的山野，我的祖先们领着一帮儿孙在悠闲地觅食，路遇几只寻找猎物的恐龙，吓得魂飞魄散，扭头便跑。巨大的恐龙像什么都没发生过一样，依然迈着雄壮的脚步，大摇大摆地前行。潜伏在荆棘丛中的祖先，生怕儿孙们受到伤害，主动暴露自己的身份，而恐龙不但没有发怒，反倒低头跟祖先耳鬓厮磨起来。儿孙们见状，索性抛却心理的防范戒备，依然故我，重新开始了觅食的行程……

我下意识地揉揉眼睛，幻象翻片儿似地骤然消失，但记忆却烙在了大脑深处。远古时期，我们的先祖与恐龙那样的动物能和谐相处，不能不说是作为动物的天性，而今天，面对虎园老虎吃鸡的残酷场景，又不免为动物间的弱肉强食感到悲哀。围着虎园缓慢转悠一圈，我的心情仍然未能平静下来，直到跟着男主人玩碰碰车的时候，多多少少才换了种心境，求得些许的心灵慰藉。

但是，好景不长，就在游览小型宠物场馆的时候，我似乎有些忘乎所以，在潜意识的驱使下，蓦地复发了作为动物的本性，无意之中咬伤了身边一位好奇的小朋友——

小型宠物馆是动物园最经典的一处场馆，馆内饲养着二十多种宠物，有人们熟悉的雪纳瑞、京巴，还有像我这样的泰迪，每种宠物都那么可爱、那么逗人。漫步在场馆的回廊上，望着铁笼里的一只只宠物，我有着一种天然的优越感，跟随主人前后，不由得摇起尾巴来回乱窜，好像在故意显示自己的自由自尊。或许受到我的干扰诱惑，笼里的宠物们一片躁动，纷纷贴靠过来，不是仰鼻呼吸，就是摆尾示好，好一番宠物之间的互动交流。

就在这时，我觉得耳朵好像被人扭捏一下，误以为受到攻击，猛地转过身来，不管三七二十一，朝那人手上咬了一口，接着便听见“哇哇”的哭喊声。没等我及时应过来，尖厉的女人声冲撞了我的耳膜：这是谁家的狗东西？怎么在这里撒野咬小孩呢？！

怎么说话呢？！女主人连忙将我抱起，对着那女人说：你家孩子不招惹它，它不会无缘无故地咬！

那女人紧攥着孩子的右手，无比心疼，朝女主人狠狠地责怪道：你看看，这该死的狗下嘴还挺狠，鲜血都流出来了！

不许咒我们家安瑞！你说话文明一点！听我家女主人反驳的语气，丝毫不甘示弱。

文明算个屁？那女人将孩子流血的右手抬起，给女主人亮明了态度：你说该咋办吧？孩子要有个三长两短，你们难逃干系！

女主人毕竟已身为人母，眼见人家孩子的手指还在流血，心里不免打怵：那也不能不分青红皂白……

你们都别争了，赶紧带孩子去医院！不知何时，男主人疾步跑来，望着小孩痛苦的模样，干脆响亮地说。

经男主人这嗓子一吼，两位母亲顿时哑口无言。于是，两家各乘一辆出租，来到动物园附近的医院。男主人急匆匆陪着对方母子俩，去门诊挂号就医，女主人带着小主人和我留在医院大厅等候。半个小时过后，被"咬"小男孩左手抹着鼻子，右手缠着纱布，由母亲搀扶缓缓下楼。我忠诚地跟随着小主人，好奇地跑到楼梯旁边，刚欲摇着尾巴上前与小男孩示好，立刻被女主人怒气呵住：安——瑞！还不老实，又想玩什么花招？我无助地眨巴着眼睛，像受了莫大的冤屈，嘴里虽喊叫不出什么，但肚子却气成了一团鼓，心里琢磨：本来，想以作为宠物特有的方式，向小男孩表示歉意和慰问，可主人们并不理解我，偏偏从恶的方面进行揣度，简直是对我的极大侮辱。毕竟，我会思想有感情，尽管我是只小小的宠物。

送走小男孩和他的母亲，时间悄悄已过晌午。我早已没有了娱乐的心情，快快不乐地跟着男女主人，和小主人一起坐上自家的轿车。行驶在城市的街道上，男主人驾着车子一句话不说，女主人在前排只顾哄抱着小主人，把我冷落在后排座位上。我没精打采地闭着眼睛，迷迷瞪瞪地听见前排主人的对话。

那……小孩不要紧吧？

医生说没啥大碍，只是咬破一层皮。

怎么处理的？

消了消毒，又打了狂犬疫苗。

这样就没啥事了吧？

也许。可医生又说，遇到这种事谁也拿不准。

什么意思？还赖着咱不成？！

那要万一出什么状况呢？

能出啥状况？

但愿没啥状况。

……

到底有没有状况终归是后话，可眼前最需要当心的，还是防患于未然，做到常人所说的——不二过。但是，怎么才能“不二过”呢？

车子驶进小区门口的时候，男主人猛地一脚踩住刹车，斩钉截铁地说：把安瑞关进笼子里！

关进笼子？女主人瞪起圆圆的眼睛，歪着头疑惑不解地问：为什么？

男主人双手使劲儿敲砸着方向盘：你还嫌它惹的祸小啊？！上午咬了人家的孩子，下次说不定又会咬谁呢？

你说话咋这么难听？女主人满脸不悦，埋怨道。

净说好听的，管吃管用？到时候再把咱孩子给咬上一口，你哭都来不及！男主人理直气壮地说。

不会吧？安瑞毕竟已经在咱家快三年了，谁亲谁近这点事还能不懂？

你可别说……安瑞毕竟属于动物，是动物就有动物的本性。

你的意思是说……它会伤到咱孩子？

我没说，但谁也说不准。

两人你一言我一语，说着说着，越来越感

到了问题的严重性。于是，回到家，男主人二话没说，就把我原来作为“窝”的铁笼子，从地下室又拿回屋里，重新放到卫生间角落。而“做了错事”的我，又像只可怜的囚徒一样，被硬硬地塞进笼子里，失去了原本属于我的自由。

漫长的半个月时间，我度日如年。独处在不足一平米的狭小空间里，我茶不思饭不想，心里如同揣只躁动的小兔，整日提心吊胆，生怕有一天那个被“咬”的男孩真的会出现什么不测。也正是在这段暗无天日的时间，使我愈加清醒地认识到什么是动物、什么又是宠物。

据考证，在远古时期，人与动物并无根本不同，只是随着时空的轮回转换，基因发生变异，才有了人与动物的区别。而动物摇身一变成为宠物，是由人来决定的，这就是：当人们心情怡然、把你视为宠物的时候，你才是所谓宠物；当人们情绪不佳的时候，又往往把你看成普通的动物。这无疑是作为宠物的悲哀，对于整个动物界来说，也不过如此。

第一次 Dayici PEI NV ZHU REN LIU LEI
陪女主人流泪

百姓们常说：是福不是祸，是祸躲不过。命里有时终须有，命里无时莫强求。大凡稍有文化的人，对如此通俗的哲理，不会装聋作哑、无动于衷。可是，一旦涉及自我，总想逃脱这样的定律，迎福笑逐颜开，避祸唯恐不及。如今，我家主人正处于这样的两难境地，整日懵懵懂懂，提不起半点精神。

终于有一天，我家男主人出事了。

我清楚地记得，那是个星期天的早晨，一

群布谷从窗前匆匆飞过，洒下悠闲动听的和声。我从沉睡中醒来，在阳台上偶尔闻听布谷的叫声，心情像天空卷舒的云彩。如同有预感似的，处于收获祥和的季节，却浑然奏出了意想不到的音符。

按照惯例，我每天早晨的第一项功课，就是跟随男主人下楼“解放”自我。但是，今天却发生了意外：还没推开家门，就被六名警察堵在家里。他们掏出拘捕证，厉声对男主人说：赵 ××，你涉嫌经济犯罪，被拘捕了！

男主人登时一愣，刚欲张口狡辩，被郑重告知：你说的每一句话，都将成为案件的证据。接着，他脸色刷地一下变成灰白，一屁股蹲在地板上，旋即被两个警察架了起来。

女主人身穿睡衣，惊慌失措地跑到门口，看到男主人可怜的窘态，顿时捂着脸失声痛哭。

在我的印象中，曾几何时，能言善辩的男主人突然变得忧郁起来。近一个月来，他像换了个人似的，每天披星戴月下班，回家就呆在沙发上抽闷烟，女主人屡次喊他，都权当耳旁风。即便一家人聚在一起晚餐，嘴里也不住地念叨，米饭撒在地上全然不知。他驾车拉着女主人、小主人和我外出，在城市主干道竟然追尾两次，一次将我从后座冲撞下来，一次扭伤了女主人的腰。更可怕的是，夜深人静的时候，他经常一个人摸黑起床，偷偷跑到阳台上，对着窗外满天的星辰发呆。为此，女主人担心他患了抑郁症，神经紧张、意外出事，专门请教大夫，给他买了安眠药。

可是，万万没有料到，一百片安眠药刚吃下一半，男主人的紧张程度慢慢缓解、精神状态稍有好转，警察就悄然不期而至。面对如此残酷的现实，男主人面无血色、表情木讷，在短暂的惊慌失措之后，露出凄惨而又坦然的笑容，从那短暂的一笑中，让人感觉既有慨然赴死的味道，更有超然解脱的含义。

男主人的突然被带走，使主人家像塌了天一样，厚重的阴云如同注了铅似的，压得我们终日喘不过气来。此时，我和幼小的主人一样，一夜之间变成了单亲之家的“孩子”，真切体会到了失去“父爱”的煎熬与痛苦。也许从这天开始，再跟随主人休闲遛弯似乎成了一种非分之想。可是，我家男主人到底犯了什么事呢？三天之后的警察搜家，无疑给了我们一个大大的惊叹号！

那是又一个星期三的傍晚，女主人将小主人从幼儿园领回家，刚把书包扔到沙发上，三个警察就找上门来。前面的那个胖子亮出盖有红色印章的搜查证，郑重地对女主人说：你家男人涉嫌受贿，我们奉命搜查，请予配合！

闻听搜查，女主人顿时变得紧张起来。她擦拭着额头浸出的汗珠，愣神许久，不情愿地陪着警察逐个房间检查。我机灵地跟在警察后边，故意壮着胆子狂吠两声，生怕女主人受到意外伤害。警察转身狠瞪我几眼，我怯怯地停下细碎的脚步。紧张的半小时后，胖子警察从阳台空调后面翻出一个布包，拿到门厅里三层外三层拆开一看，我被再次惊呆了：赫然呈现在眼前的，竟然是一摞摞的百元人民币。经警察仔细清点，足足三十多万元。女主人踽踽跟在后面，强打着的精神再也支撑不住，立刻像泄了气的皮球，瘫软在地板上。

望着警察携着巨款逝去的背影，女主人越发变得失魂落魄。她有气无力地倚在门框上，眼睛暗淡，双手颤抖。经受惊吓的小主人死死抓住母亲的衣角，眼眶噙满了泪花。我围绕可怜的母子俩转悠两圈，凭着作为宠物的灵感，十分好奇地返回门厅数钱的地方，心里如同被尖刀剜戳几下，伴随阵阵剧烈的刺痛，脑沟回油然闪到了几个月前——

冬日的寒风尚未散尽，男主人陪酒深夜回家。他醉醺醺地坐在沙发上，从黑色皮包里取出两个大信封，咧嘴扯着嗓子说：钱……这玩意儿是啥？王八蛋！可人偏偏喜欢它，为啥？！

女主人放下手中的遥控器，待答不理地：别管它是不是王八蛋，但有一点，离了它你就没法生活。

男主人眯着眼睛，嘿嘿一笑：照……你说，你还是喜欢……钱。

女主人斜视他一眼，撂下一句：废话！谁不喜欢钱？

有你……这话就行！男主人挺挺身子，摆出一副男人的架势，把信封交给女主人：给你！收……好。

这里面是……啥？

钱啊！

哪来的？

做项目……给的。

啊？！女主人突然觉得丈夫有些蹊跷，多少年了，各地经过他手的项目成百上千，他从来没有收过人家的钱，如今竟然一反常态，干起“推杯送盏”、“你好我好”的营生……想到这里，她不免有些后怕，沉思良久，淡定地说：这钱咱不能要！

男主人瞪圆了眼睛，拧着脖子争辩：咋不

能要？你没听人家说吗，这年头，想混个一官半职也不那么容易，早知自己不是当官的料，不如趁早挣点钱。再说，这钱张处长都拿了，咱能自己玩清高？！

女主人容不得丈夫解释，坚定地说：张处长拿是他的事，咱可不能这么做！这绝对谈不上清高不清高，如果拿了人家的钱，你就会心里有鬼，早晚会出乱子。

那……就先放儿，我找时间退给人家。

要退就赶紧的，省得夜长梦多。

……

梦是虚幻的、缥缈的，可梦有时又那么真实。对于主人家来说，事到如今，噩梦果真悄然而至，它如影随形，在短短三个多月的时间就膨胀、蒸发，幻成了一张巨大的织网，网住了男女主人焦躁不安的身心，网住了整个家庭的悲情与忧伤。伴随男主人的突然被捕，这个家庭开始变得支离破碎，女主人像换个人似的，失去了原本属于自己的精气神，再也感受不到昔日的光环与荣耀，完全回归了本真的自我。她不甘于默默承受等待的煎熬，隔三差五到男主人所在单位询问情况，四处托人打探男主人的消息，哪怕些许零碎的信息，对她来说也一如救命的稻草，紧紧抓住不放。直到在男主人单位碰到张处长的爱人，得知张处长同时被逮捕，她才彻底感到无望。我这个所谓的宠物，也打破了往日的习惯，不再每天等着男主人带自己下楼遛弯儿，倒像是一位上了岁数的老人，将腾出的多时间留给了与男主人在一起的美好回忆。

凡事如同约好了一般，近一段时间，老天爷一改初春时节的艳阳高照，像发了脾气似的，一会儿板起阴沉的面孔，一会儿飘起淅沥的细雨。时光如此变幻无常，使得处于变故与磨难中的女主人更加焦躁不安，哪怕我的一点疏忽或矫情，都会莫名其妙地招致一顿训斥。可话说回来，女主人毕竟是女流之辈，尽管她表面上显得要强而又严厉，但还是自觉不自觉地暴露出女性天生的阴柔与软弱。

记得半月后的一个星期天傍晚，女主人接完来自看守所的电话，来不及看一眼熟睡的小主人，顾不得跟我打声招呼，就匆忙收拾男主人常用的物品，慌里慌张地推门而出。当天空那轮弯月从窗台探进门厅的时候，她俨然霜打的茄子，疲惫不堪地返回家。她双脚迈进家门，懒得抬手打开灯光，随意扔下手中的提包，了无声息地倒在沙发上。我屏住呼吸，颠颠地跑到她身边，就着一抹暗淡的月色，分明感到她在极力控制自己，可眼泪却挂满了脸颊。我以宠物与生俱来的灵感，抬起细小毛茸的前脚，迟疑再三，小心翼翼地拉扯她的衣服，表达着我作为一个宠物对主人的忠诚。许久，她慢慢坐立起来，拢拢满头散乱的发丝，将我紧紧揽在怀里。在室内忽明忽暗的月光下，她以女主人对宠物的独特眷恋，哽咽着，深情地对我诉说——

安瑞……我的宝贝，都怪我不好，不该把你……领进这个“倒霉”的家。以前，看着人家……带着宠物遛弯儿炫耀，俺打心眼里反感，可……拗不过内心的虚荣，在没做任何思想准备的情况下，还是好奇地……把你带来了。宝贝，你是懂事的乖宝宝……进了这个家，俺们便把你当成家庭的一员……你呢，也给整个家庭带来了无限的快乐……可是，俺天生的粗心大意，只是由着性子逗玩、取乐，对你关心照顾不够，没有尽到……作为主人的本分。如今……男主人官场上一时糊涂，犯事进了局子，这个家……已经不成家的样子。这对你实在……太不公平。人家那些宠物不管托……生在什么样的家庭，都能……尽情地吃喝玩乐、无忧无虑，而你却……生活在这个家里，无端承受着这样大的压力，作为负责任的……主人，俺打心里……一百个愧疚！俺对不起你……这个可爱的小生灵！

说着说着，女主人的肩膀剧烈抖动得厉害。我从她的怀里挣脱出来，三步并作两步跑到茶几角落，咬扯出一串卫生纸，赶紧塞到她的手中。她下意识地攥起卫生纸，低头擦拭着眼泪，接下来道出的一番话越发令我惊诧不已。

安瑞，还是给你……再找个主吧。她扔掉手中揉搓成团的碎纸，长长地叹了口粗气，前思后虑地说：我男人“进去了”，也不知道这场灾难何时是头，反正……照现在的样子，这个家是不会给你带来幸福的……与其看着你受罪，倒不如趁早……给你找个好去处。

闻听女主人的自责，我脑海里一片空白，舔了舔麻木已久的舌头，整个身体仿佛被棉絮托在半空，望着窗外频繁眨眼的星斗，我猛然间变得胆小如鼠，丝毫也不敢动弹，生怕不小心戳破那层薄薄的棉絮，将自己重重地摔到地上，摔得皮开肉绽、灵魂出窍。光影朦胧之中，回首凝望着女主人瘦弱的身躯，我的眼眶骤然一热，流出两行辛酸痛苦的泪水。此时，“家”对我这个可怜的宠物而言，那么乱象杂陈、炙手可热，又那么虚无缥缈、遥不可及。于是，我像只发疯的野狗，仰天怒吼：我是谁？我为什么来到这个世界？

经过剧烈的身心之痛，我突然间长大了许多。每每女主人傍晚领着小主人从幼儿园回家，我都摇着细长的尾巴，乖乖地迎候在门口；而女主人每天清晨带小主人去幼儿园时，我则心怀忐忑，死死地躲进卫生间的铁笼里。

当痛苦在我的焦躁中一天天缓解，女主人的情绪慢慢恢复，我却意外办了一件呆头呆脑的傻事。男主人离家一个月后的一天深夜，蒙蒙细雨没有丝毫消停的气息，女主人依然没有和小主人回家。我饥肠辘辘，一会儿在门厅跑来跑去，一会儿到卫生间翻来覆去，饿得实在难熬，索性偷吃了女主人放在茶几上的巧克力。可是，当天夜里肚子像炸开了锅，又吐又拉，浑身高烧不退，精神萎靡。第二天一早，女主人匆忙送完小主人，就冒雨将我带到这家有名的宠物医院……于是，在我的记忆里，便有了开头的那段故事。

生命可贵而又顽强。在医生护士半个多月

的精心治疗护理下，我作为宠物大难不死，硬硬地闯过了“鬼门关”。

阴差阳错地“投生”于这个变幻莫测的世界，在跟主人共同生活的三年多时间里，经过这么多难忘的“第一次”，遭遇那么多悲喜交加的故事，我终于渐渐醒悟、成长了许多。穿过深邃的时光隧道，这种成长的烦恼，无疑将忠实伴随我的一生。终于，我明白了：每个人或动物的生命，都会经历无数的生死劫，至于什么前世是没有的，毕竟那些虚无缥缈的东西，你无法控制，人人（动物）都有一死，我们能做的，就是把握今生的瞬间时光。倘若果真冥冥之中有只神秘的手在引领我们，也只好默默承受。最要紧的，是好好活着、把握现在……

后 记

记得不知哪位方家说过，人类和动物本无区别，源于基因突变，才演化成人类和动物。佛语曰：人与动物前世相通，只不过因果不同、投胎各异。但就宠物而言，乃动物界富有智慧的精灵，确是没有任何异议的。我家的“安瑞”，活脱脱就是这样“一个”。

与“安瑞”结缘，始于三年前一个周末，我和妈妈在城郊农贸市场购物时，它精灵似的跳到跟前，周身棕毛茸茸，耳朵高高竖起，两眼光芒闪烁，模样煞是可人，令人忍俊不禁。我们好不容易找到它的主人，硬是花三千多元将它抱回家。若干朝夕相处的日子里，我们像呵护心爱的宝贝精心养育它，它也以独有的乖巧给家庭带来无限乐趣。久而久之，彼此情感日益发酵，俨然成为不离不弃的忠实伙伴。

可是有一天，它突然罹患怪病，脑袋仿佛被撞击一样时而清醒时而糊涂。虽四处遍访名医，但还是悲惨离去。随后好长时间，我茶饭不思、郁郁寡欢。活蹦乱跳的生灵怎么说走就走了呢？与日俱增的思念和幻想，让我萌发以特有的方式为它招魂，使糟透的心绪冷静下来。

思想者的执着可想而知，究得越深就越痛苦。在与众多宠物主人的切磋交流中，时常为宠物们的天真可爱所感动、因宠物们的命运多舛而慨叹。人和动物到底有什么两样？纠结久了，不禁恍然大悟：人和动物均有微小的身躯、厚厚的皮囊，所不同者在于大脑的聪慧程度。作为动物，反应略显迟钝，少了些心计、免得烦恼；相对而论，人智商高心机重，为了一己之欲，十八般武艺招数，尽可放马而来。于是，在思想的驱使下，我家的“安瑞”摇身成为作品的主角，它作为鲜活的生灵，从一个独特的视域，凭借其超乎族类的感悟，以未被污染的心灵播爱传情，用深邃的眼睛观人察象，哪怕世间波谲云诡，哪怕自我受尽煎熬。由此，“安瑞”的生命得以延续……

在作品即将出版之际，我要说：父爱如山，母爱似海。是他们给了我可爱的生命，赋予我善于思考的大脑。在创作过程中，父母给了我无穷的智慧和力量，引领我从不同层面感悟丰富多彩的世界。愿这本虽显稚嫩但又糅进诸多情感的《安瑞说》，能够让父母看到我的成长，同时也以此献给更多关心我的人。

作　者

2014年9月于泉城